女人應該怎麼樣面對這個社會？

經典3.0
ClassicsNow.net

豪宅孤女

簡愛
Jane Eyre

夏綠蒂‧勃朗特Charlotte Brontë 原著

柯裕棻 導讀

平凡 故事繪圖

他們這麼說這本書
What They Say

插畫：黃慈怡

我能花好幾天
來讀的
第一本英國小說

薩克雷 William Makepeace Thackeray

1811 ～ 1863

 薩克曾寫信給出版這本書的出版社，信中他說道：「《簡愛》使我非常感動，我非常喜愛它。請代我向作者致意和道謝，她的小說是我能花好幾天來讀的第一本英國小說。」之後夏綠蒂在二版《簡愛》的扉頁上，向薩克雷表達謝意。

托瑪斯・哈代 Thomas Hardy

1840 ～ 1928

哈代認為：「夏綠蒂為女性作家塑造了新的生命力及生存價值。」哈代所塑造的女性呈現出獨立和堅強的形象，有別於當時傳統社會的女性形象。代表作品有《黛絲姑娘》和《無名的裘德》。

新的生命力
及
生存價值

不允許我們片刻
忘記她

維吉尼亞・吳爾芙 Virginia Woolf

1882 ～ 1941

 英國女作家吳爾芙說道：「《簡愛》一書緊緊牽引著我們，逼迫我們跟隨她的路徑，去目睹她所看見的，並且不讓我們稍稍離開她，更不允許我們片刻忘記她。」

蘇珊・薇格 Suzanne Vega

 1959 ～

 美國歌手蘇珊・薇格非常喜愛這本書。
她説「我經常回頭重讀《簡愛》，它是
那樣的一本書，讓我看了之後不禁想：
『這就是我，內心深處的我。』」

這就是我，
內心深處的我

不受任何的權威
或者是社會的成見
動搖的女孩子

柯裕棻

 1968 ～

這本書的導讀者柯裕棻，現任台灣政治大學新聞
系教授。她認為：「我們現在看《簡愛》，還是
可以看到一個非常獨立自主，不受任何的權威或
者是社會的成見動搖的女孩子，這樣的個性不論
在哪個時代都很難得，如果能夠從這裏得到一點
人生啟發也不錯。」

你

 ？

在二十一世紀此刻的你，讀
了這本書又有什麼話要說
呢？請到classicsnow.net上發
表你的讀後感想，並參考我
們的「夢想成功」計畫。

你要說些什麼？

3

和作者相關的一些人
Related People

插畫：黃慈怡

📅 1816～1855

💬 著名的勃朗特三姊妹裏的姊姊，其實她在家中六個小孩中排行第三，但兩位姊姊很早就去世了。曾住過寄宿學校，也當過家庭教師，她最為人熟悉的作品《簡愛》，帶有相當的個人色彩。

夏綠蒂
Charlotte Brontë

📅 1818～1848

💬 勃朗特三姊妹中排行第二，是著名的《咆哮山莊》的作者，她除了小說作品外，也擅長寫詩。勃朗特三姊妹在1846年曾聯合出版一本詩集，其中就以艾蜜莉的作品為主。1848年她在哥哥布倫威爾去世的葬禮時，感染風寒，並且拒絕服用藥物，而於當年去世。

艾蜜莉
Emily Jane Brontë

📅 1820～1849

💬 勃朗特三姊妹裏的老么，曾出版《阿格尼絲‧葛雷》和《荒野莊園裏的房客》，她的文字屬於比較平靜的敘述風格，近於散文。1849年在艾蜜莉與布倫威爾去世的隔年，她因為肺結核而過世。

安妮
Anne Brontë

📅 1817 ～ 1848

💬 勃朗特家唯一的男孩,喜歡文學,一度決定以繪畫成為一生志業。但不論文學或藝術都沒有太為人稱道的成績。他曾畫過一幅畫,裏頭是勃朗特三姊妹與自己,後來他把自己塗掉,從日後來看,和勃朗特姊妹在英國文學的地位相比,他的確是一個被抹去的不受重視的人物。後來他持續酗酒、吸食鴉片,1848年因為肺結核去世。

布倫威爾
Patrick Branwell
Brontë

📅 1809 ～ 1896

💬 夏綠蒂於1842年與妹妹艾蜜莉到布魯塞爾就讀於康斯坦丁・黑格爾和妻子開設的寄宿學校,後來夏綠蒂一度離開布魯塞爾,但1843年又回到這裏擔任教師。這段時間她暗戀著黑格爾。

**康斯坦丁・
黑格爾**
Constantin Heger

**亞瑟・貝爾・
尼可拉斯**
Arthur Bell Nicholls

📅 1819 ～ 1906

💬 夏綠蒂父親的助理牧師,1854年夏綠蒂結婚與他結婚,但第二年懷孕中的夏綠蒂就因為肺結核或妊娠嘔吐症而去世。此後,亞瑟・貝爾・尼可拉斯仍繼續照顧夏綠蒂的父親直到他1861年去世。

這本書的歷史背景
Time Line

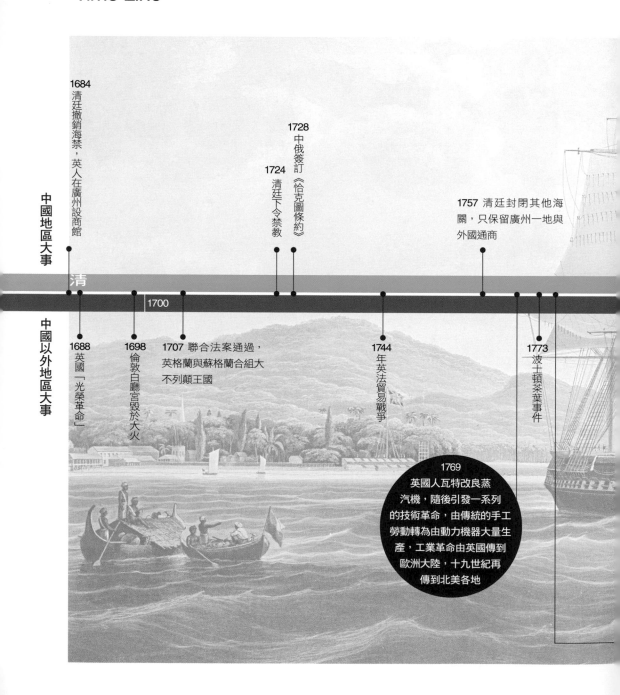

中國地區大事

1684 清廷撤銷海禁，英人在廣州設商館

1724 清廷下令禁教

1728 中俄簽訂《恰克圖條約》

1757 清廷封閉其他海關，只保留廣州一地與外國通商

清

1700

中國以外地區大事

1688 英國「光榮革命」

1698 倫敦白廳宮毀於大火

1707 聯合法案通過，英格蘭與蘇格蘭合組大不列顛王國

1744 年英法貿易戰爭

1769 英國人瓦特改良蒸汽機，隨後引發一系列的技術革命，由傳統的手工勞動轉為由動力機器大量生產，工業革命由英國傳到歐洲大陸，十九世紀再傳到北美各地

1773 波士頓茶葉事件

1840
鴉片戰爭爆發。
道光帝命琦善為欽差
大臣，革除林則徐職務；
隔年，清廷對英宣
戰，發生三元里
事件

1842 中英簽訂《南京條約》，割讓香港

1856 第一次英法聯軍，
簽訂《天津條約》

1860 第二次英法聯軍，
火燒圓明園，簽訂《北京條約》

1839 林則徐在廣東銷毀鴉
片；英艦與廣東水師在穿
鼻洋發生衝突

1872 清廷派出第一批留美幼童

1900
義和團事件爆發，
八國聯軍攻入北京

1800

1900

1837
英國維多利亞女王
即位，她在位的六十四年
間，稱為維多利亞時期，這
時正是大英帝國的頂峰，不
斷向外擴展殖民，文學、
藝術、科學也都有長
足的發展

1857 印度爆發民族起義抗
英失敗，英國殖民當局將
印度末代皇帝流放，並取
消東印度公司，由英國政
府直接統治

1876
英國維多利亞女王宣布成為印度女皇

1882
英國侵占埃及

1899
英國與南非發生波耳戰爭

1804 拿破崙稱法國皇
帝，頒布法典

1885
第三次英緬戰爭，英國勝利，將緬甸納為印度的一省

1800「聯合法案」通
過，愛爾蘭與大不列
顛王國合組「大不列
顛和愛爾蘭聯合王國」

1847
夏綠蒂・勃朗特
的小說《簡愛》
出版在這一年

1789 法國大革命爆發

1776 北美大陸議會通過
並發布《獨立宣言》

這位作者的事情
About the Author

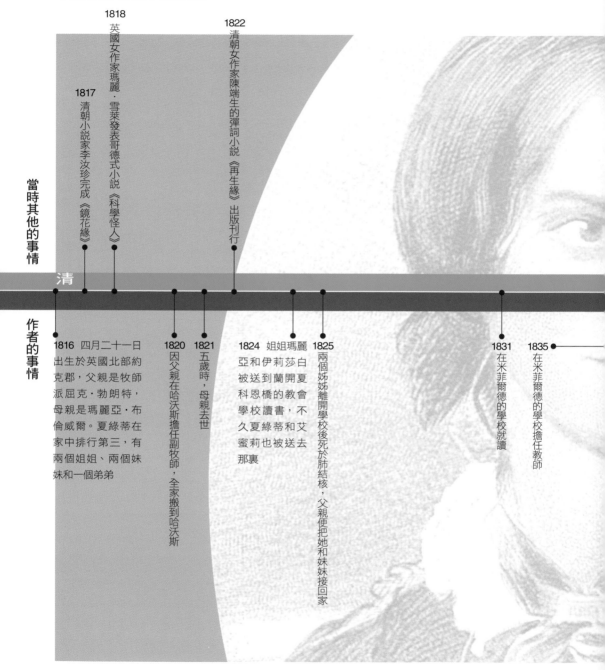

當時其他的事情

清

1817
清朝小說家李汝珍完成《鏡花緣》

1818
英國女作家瑪麗·雪萊發表哥德式小說《科學怪人》

1822
清朝女作家陳端生的彈詞小說《再生緣》出版刊行

作者的事情

1816 四月二十一日出生於英國北部約克郡，父親是牧師派屈克·勃朗特，母親是瑪麗亞·布倫威爾。夏綠蒂在家中排行第三，有兩個姐姐、兩個妹妹和一個弟弟

1820 因父親在哈沃斯擔任副牧師，全家搬到哈沃斯

1821 五歲時，母親去世

1824 姐姐瑪麗亞和伊莉莎白被送到蘭開夏科恩橋的教會學校讀書，不久夏綠蒂和艾蜜莉也被送去那裏

1825 兩個姊姊離開學校後死於肺結核，父親便把她和妹妹接回家

1831 在米菲爾德的學校就讀

1835 在米菲爾德的學校擔任教師

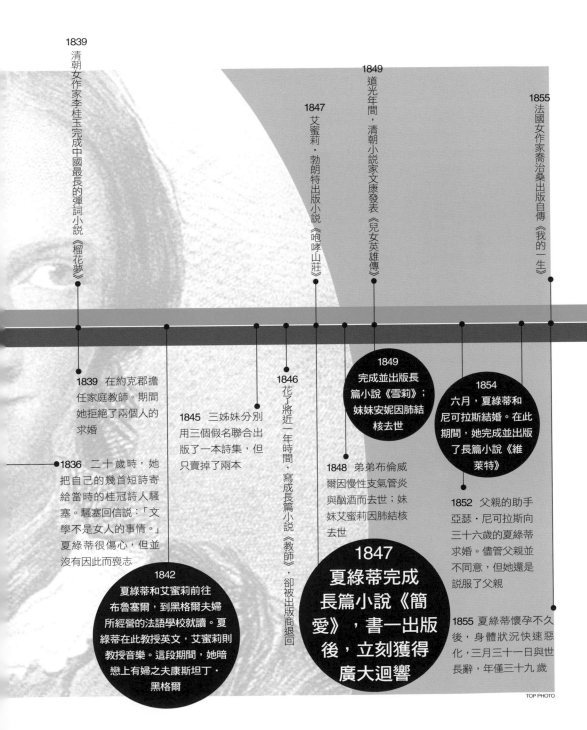

1839
清朝女作家李桂玉完成中國最長的彈詞小說《榴花夢》

1847
艾蜜莉·勃朗特出版小説《咆哮山莊》

1849
道光年間，清朝小說家文康發表《兒女英雄傳》

1855
法國女作家喬治桑出版自傳《我的一生》

1839 在約克郡擔任家庭教師。期間她拒絕了兩個人的求婚

1845 三姊妹分別用三個假名聯合出版了一本詩集，但只賣掉了兩本

1846 花了將近一年時間，寫成長篇小說《教師》，卻被出版商退回

1849
完成並出版長篇小說《雪莉》；妹妹安妮因肺結核去世

1854
六月，夏綠蒂和尼可拉斯結婚。在此期間，她完成並出版了長篇小說《維萊特》

1836 二十歲時，她把自己的幾首短詩寄給當時的桂冠詩人騷塞。騷塞回信説：「文學不是女人的事情。」夏綠蒂很傷心，但並沒有因此而喪志

1848 弟弟布倫威爾因慢性支氣管炎與酗酒而去世；妹妹艾蜜莉因肺結核去世

1852 父親的助手亞瑟·尼可拉斯向三十六歲的夏綠蒂求婚。儘管父親並不同意，但她還是説服了父親

1842
夏綠蒂和艾蜜莉前往布魯塞爾，到黑格爾夫婦所經營的法語學校就讀。夏綠蒂在此教授英文，艾蜜莉則教授音樂。這段期間，她暗戀上有婦之夫康斯坦丁·黑格爾

1847
夏綠蒂完成長篇小說《簡愛》，書一出版後，立刻獲得廣大迴響

1855 夏綠蒂懷孕不久後，身體狀況快速惡化，三月三十一日與世長辭，年僅三十九歲

TOP PHOTO

這本書要你去旅行的地方
Travel Guide

哈沃斯Haworth

TOP PHOTO

●牧師公館
位於西約克郡，是勃朗特家族於1820-1861年的住所，如今改建成博物館，保存著當年的傢具、擺設。

●哈沃斯教堂
夏綠蒂的父親曾任職於此。夏綠蒂與艾蜜莉都葬於這間教堂的小墓園裏。

TOP PHOTO

林明月攝

●威斯森山頂
《咆哮山莊》故事發生的地點，一路上都是荒原的景象，風大而氣候多變。

●勃朗特步道
一條長約四十英里的健行步道，其中有勃朗特瀑布、勃朗特橋，以及夏綠蒂經常坐在上面沉思的石頭。

海瑟塞治Hathersage

德朵夫人攝

● **海瑟塞治小鎮** 1845年，夏綠蒂來到這個小鎮訪友，成為她寫作《簡愛》的場景與靈感來源。

倫敦London

● **國家肖像藝廊**
由夏綠蒂的弟弟布倫威爾所畫的三姊妹畫像，現收藏於倫敦國家肖像藝廊。

TOP PHOTO

● **西敏寺詩人角**
西敏寺教堂中埋葬英國著名文學家的地方，如喬叟、莎士比亞、狄更斯等。在這裏也可以看到勃朗特三姊妹的紀念碑。

● **諾斯李宅**
建於1590的古堡式建築，夏綠蒂來海瑟塞治訪友時曾居住於此，後來成為《簡愛》男主角羅徹斯特的豪宅「桑費爾府」的原型。

TOP PHOTO

布魯塞爾Brussels

● **皇家廣場**
夏綠蒂曾來到布魯塞爾的學校教書。如今只有附近的皇家廣場以及皇家路仍保留了十九世紀的樣貌。

● **美術館**
夏綠蒂曾經教書的學校現址上，如今是一間美術館。

目錄 豪宅孤女 簡愛
Contents

封面繪圖：平凡

13 —— **導讀** 柯裕棻

可以特別注意的是，詭異的豪宅空間讓我們感覺到一種對比的悽涼。一個身世飄零的女孩子隻身對抗整個社會的不平等，而這個社會的具體呈現意象就是這個豪宅，豪宅神秘的空間也可以理解為種種未知且難解的危險。

55 —— **故事繪圖** 平凡繪圖／淑芬文字

簡愛

3.0

73 —— **原典選讀** 夏綠蒂・勃朗特原著／李文綺翻譯

我現在對你說話，並不是透過風俗、習慣，甚至不是透過凡間的肉體；這是我的心靈在對你的心靈說話，好像我們的心靈都已跨過凡塵，而平等地站在上帝的跟前，因為我們原本就是平等的！

愛爾蘭早在公元前3000年，歐洲大陸就開始有人移居。一直到十二世紀（1169年），英國入侵，從此開始近八百年的漫長統治；1916年，都柏林爆發抗英的「復活節起義」，愛爾蘭民族獨立運動高漲。1919年，愛爾蘭獨立戰爭爆發，英國派兵鎮壓。1921年，英允許二十六個郡享自治權，北部六郡（北愛爾蘭）仍屬英國，因而爆發內戰。直到1949年，英國才承認愛爾蘭獨立，但仍拒絕歸還北部六郡。

為了追求主權獨立與領土完整性，愛爾蘭曾和英國有過無數次的衝突及武力抗爭；2005年，愛爾蘭宣布放棄武力，將持續以和平民主方式追求南北統一。著名電影《吹動大麥的風》，即描述愛爾蘭為爭取獨立，而與英國發生的衝突歷史。

Tpgimages

Corbis

（上圖）勃朗特牧師公館，夏綠蒂的一生幾乎都在此度過。
（下圖）牧師公館的客廳
（右圖）夏綠蒂的故鄉哈沃斯。這個陰雨綿綿的小鎮，塑造了勃朗特姐妹在《簡愛》與《咆哮山莊》中的憂鬱氣質。

《簡愛》是一本英文經典名著，它廣受世界讀者喜愛，有深遠的文化影響。非常多影劇作品改編自《簡愛》，而且也有好幾部文學作品從《簡愛》的概念發展，這些作品後來也成為經典。

《簡愛》的作者夏綠蒂·勃朗特（Charlotte Brontë）生於1816年，死於1855年。她出生在英國約克郡的牧師家庭，父親是愛爾蘭人。從時代背景看來，1816到1855這幾十年是英國非常強盛、非常積極往東亞發展的時期，當時英國民生富足，消費力強大，不單單是生活過得好，文學消費也很強，當時有不少通俗文學作品在市場上獲得成功。

夏綠蒂生在松頓（Thornton），後來又搬到了哈沃斯（Haworth），這是非常小的鄉村。她的父親是愛爾蘭人這一點，表示她的家庭位置在英國文化而言是比較邊陲的，因此她也一直認為自己是在邊緣的位置。這真是不可思議，英國輝煌的文學傳統裏，竟然會有兩本經典著作出自這樣一個邊緣的家庭裏，一是夏綠蒂的《簡愛》，另外一本是她妹妹艾蜜莉的《咆哮山莊》（Wuthering Heights）。

夏綠蒂是非常安靜的人，但是她照片裏的眼神稍稍顯露出不安，這也確實是她的個性。她雖然出生在鄉下小鎮，但是她無法安於鄉村生活，她不斷想要出走，她總是想要離開哈沃斯，離開約克郡。然而，即使後來她真的出國了，有了遊歷的經驗，但最後她還是回到了約克郡。《簡愛》獲得非常大的市場成功之後，她也還是不能在倫敦生活，因為倫敦的生活使她頭疼，她一生大部分的時間都是在約克郡過的。

像簡愛但比她矛盾

勃朗特家共生了六個孩子，夏綠蒂是第三個。在她之後是艾蜜莉、弟弟布倫威爾（Branwell），和最小的女兒安妮。安妮她也寫書，但是跟夏綠蒂和艾蜜莉比起來，她的書沒有那麼成功。弟弟布倫威爾希望做一個畫家，但是後來沒有成

維多利亞時代 維多利亞女王在位的六十四年間（1837—1901），是英國最強盛的「日不落帝國」時期，無論在經濟、科學、文學、藝術等方面都大有發展。當時流行優雅的氣質，從很多生活細節如蕾絲花邊、緞帶、蝴蝶結、下午茶等，可看到夢幻浪漫的一面。然而從另一方面來看，這時期是保守壓抑、階級分明的。鯨魚骨裝成的緊身衣、疊著層層襯裙的拖地長裙、高跟鞋等，極力為女性塑造出柔弱、蒼白及被動順從的形象。

純淨、堅貞、動人──可說是維多利亞時代女性的愛情觀。女性被社會塑造出良家婦女的貞潔形象，未婚前不可以有任何與欲望相關的想法，沒有自主的婚姻權，嚴謹且守本分地視結婚為一生的歸宿。

（上圖）夏綠蒂的父親派屈克・勃朗特

（右圖）夏綠蒂・勃朗特，繪於1850年，當時她約是34歲，兩個妹妹艾蜜莉、安妮都已經過世，只剩下她與父親獨居。

功，他的人生相當不得意，一事無成。他曾經畫了家中姐弟四人的肖像，本來他將自己也畫在那幅畫裏，但是後來又把自己塗掉了，因此，勃朗特三姐妹著名的肖像畫的中央有個灰暗的人影。那真是非常象徵性的呈現了他跟三姐妹的關係，若有若無似的。

在夏綠蒂九歲那一年，夏綠蒂跟兩個姐姐一起到教會寄宿學校去上學，那個學校的條件非常惡劣，環境不衛生，飲食也不足，她的兩個姐姐一年不到就病死了。這個令人傷心的事故後來被夏綠蒂改寫在《簡愛》裏。於是父母親就不再讓夏綠蒂去上學，十歲起她在家裏自學。十六歲時，因為家境實在太窮了，夏綠蒂覺得自己將來必須成為一個家庭教師，自食其力掙錢，所以她和妹妹艾蜜莉一起到另一個較好的學校去念書。可是妹妹艾蜜莉是個很自閉的孩子，她受不了學校的制式教育，念沒多久就回家去了。夏綠蒂獨自在學校裏撐了三年，雖然她也非常討厭學校拘束的生活，但她畢業後還繼續留下來任教。

夏綠蒂從十九歲到二十二歲這三年，留在原來念書的學校教書，之後又離開學校到幾個家庭裏去做家庭教師。她的個性非常像她筆下的簡愛，但是她比簡愛更充滿矛盾和起伏。她是個崇尚自由的人，不喜歡約束的生活。她從小喜歡幻想，對世界充滿很大的不安定感，所以她喜歡活在自己想像的世界裏，不太喜歡各種應對進退的規矩。

做了家庭教師後，夏綠蒂發現完全沒有自己的時間，她感到非常痛苦。她輾轉在幾個家庭間流浪工作了兩年，又回到了自己的家。這時她想，既然沒有辦法在學校教書，也沒有辦法在別人的家裏教小孩，那麼就辦一所自己的學校吧。她說服了艾蜜莉一起合作。但是，要開辦一所學校，不只是畫畫彈琴會讀會寫就算了，她還得會法文。於是她又透過一些關係轉介，和艾蜜莉一起到比利時去學法文。由於學費是個難題，因此她們以在比利時的學校教英文來換取住宿和學習

勃朗特三姊妹肖像，由左至右
分別是：安妮、艾蜜莉與夏綠
蒂，這幅畫是她們的兄弟布倫
威爾所繪，現藏於倫敦國家肖
像藝廊。
© CORBIS。

女性用男人筆名 以往父權濃厚的時代，為了不讓讀者一看到女性名字就產生偏見，因而有許多才華洋溢的女作家以男性為筆名出版作品，除了勃朗特三姐妹外，其他如喬治·桑、喬治·艾略特和艾莎克·狄森皆是。

喬治·桑（George Sand）本名Amandine-Aurore-Lucile Dupin，是法國十九世紀著名女作家，浪漫主義女性文學和女權主義文學的先驅；她和詩人繆塞、音樂家蕭邦的感情世界，也是後人總會提起的話題。喬治·艾略特（George Eliot）本名Mary Ann，英國十九世紀作家，著有《塵世情緣》（*Mr. Gilfil' s Love-story*）；艾莎克·狄森（Isak Dinesen）本名Karen Blixen，是丹麥作家（1885—1962），曾被改編成電影的《遠離非洲》（*Out of Africa*）是她著名作品之一。

TOP PHOTO

（上圖）夏綠蒂暗戀的對象黑格爾（Constantin Heger）。（右圖）夏綠蒂素描簿中的女性形象。這些女性都帶有一些共同的特徵：神情嚴肅、眼神堅毅，似乎正是夏綠蒂心中對於女性理想的描繪。

的經費。

一夜成名

在比利時的這兩年是夏綠蒂人生的轉折點。她充滿熱情、好奇心旺盛，如今她終於可以突破狹小的生活範疇，離開英國，到一個完全的新世界去探索，比利時的經驗使她的人生觀和個性更明確了。然後，更重大的事發生了，她愛上了學校的負責人，但是這位先生已經結婚了。這是一個非常大的矛盾，使她精神上很痛苦。

此外，由於妹妹艾蜜莉很少離開家，她非常不適應比利時的生活，很快地，艾蜜莉就離開比利時回英國了。留下夏綠蒂獨自深陷無法言說的愛情。於是夏綠蒂決定要斬斷這個關係。1844年，夏綠蒂二十八歲，她又回到了約克郡。算起來，從學校畢業之後的九年裏，夏綠蒂在英國和歐洲輾轉奔波。即使在今天，這樣的生活也讓人難受，更何況那個時代，相當於清朝道光年間，一個女人舟車勞頓的在各個地方寄宿工作，這對於個人及人生歷練的影響是很大的。這九年的時間她在精神、生活上很不安，過著連物質條件都非常不穩定的日子，這顯然在她的心裏留下難以忘懷的記憶。

回到約克郡之後，她發現鄉村的日子再也不像從前那樣寧靜了，而且唯一的弟弟酗酒，家中問題不少。夏綠蒂的心裏騷動不安，她開始寫作，沒多久就寫完了第一本書，*The Professor*《教授》，她將草稿寄給幾個出版社，但是都被拒絕了，大家都不看好這本書。於是她開始著手寫《簡愛》，這本書完成大約是1846年的夏天，八月時她將草稿寄出。

出版社的人看到《簡愛》草稿，認為這個故事非常好，立刻安排出版。當時夏綠蒂用的筆名是Currer Bell。這是男性的筆名，她的目的是為了避免當時社會對於女作家的許多偏見。此外，因為《簡愛》是以第一人稱敘事的愛情故事，如果以女性的名字出版，會受到很多道德上的責難。

正因為她以男性筆名發表，所以一出版，就引起不少猜測：這故事是男人寫的還是女人寫的呢？因為《簡愛》的初版副標寫著這是一則自傳，所以很多人認為這真的是一個女性的自傳。當然《簡愛》裏確實有夏綠蒂自己人生的經驗，她將少女時期就讀教會寄宿學校的惡劣經驗，還有做家庭教師的經歷作為故事的藍本，她甚至把在比利時失敗戀愛的細節都寫進來了。這個故事確實帶有大量的個人色彩。

《簡愛》的體裁是所謂的哥德式小說，其特色是經由恐怖懸疑驚悚的情節，帶出愛情的主軸。當時的評論認為這本書很粗俗，彷彿刻意寫一些神秘的故事裝神弄鬼譁眾取寵。然而夏綠蒂非常幸運，她馬上看見了自己的成功。《簡愛》幾乎是立刻就刷了第二版，一夜成名。不像妹妹艾蜜莉寫完《咆哮山莊》一年之後就去世了，而且此書過了很久才受到肯定。

孤女與充滿敵意的豪宅

《簡愛》的故事是從女主角簡愛十歲那一年開始說起。簡愛是一個孤女，生下來沒多久雙親就去世了。她被舅媽收養，寄人籬下，受盡了歧視和欺凌。這個小女孩個性非常激烈而且叛逆。這裏出現了第一個重點空間，就是舅媽家的豪宅。簡愛寄生在這棟看起來非常華美的大屋子，但這個大屋子對她充滿敵意，這個屋子裏的人都瞧不起她。這個屋子有個特別神秘的房間叫做「紅房間」，平時很少人去。雖然裝飾得很漂亮，但是因為她的舅舅在這個房間過世，所以後來大家都不太願意去了。簡愛頂嘴受到處罰的時候，女僕就把她關在紅房間裏，她在裏面極度害怕，常常怕到生病、暈倒。故事中描寫了許多可怕的惡夢，包括她看見舅舅的鬼魂在紅房間裏顯靈。這是第一個神秘驚悚的情節。可以特別注意的是，詭異的豪宅空間讓我們感覺到一種對比的淒涼。一個身世飄零的女孩子隻身對抗整個社會的不平等，而這個社會的具體呈現意象就是這個豪宅，豪宅神秘的空間也可以理

TOP PHOTO

（上圖）夏綠蒂的好友愛倫（Ellen Nussey），一般認為她就是《簡愛》小說中海倫的原型。

（右圖）夏綠蒂《簡愛》手稿

解為種種未知且難解的危險。

於是第一個故事主軸出現了，華美但是充滿敵意的豪宅、不可言說的神秘小房間、鬼魅、孤苦的小女孩。我們可以非常明確地察覺，豪宅代表社會的勢利、冷漠、龐大而複雜，而神秘的房間和鬼魅彷彿是那些我們難以理解的恐懼和威脅。

另一個隱藏的副軸則是在故事一開始就布下了伏筆：簡愛早亡的雙親是她的身世之謎。她的母親家世很好但是嫁給一個窮牧師，兩個人到鄉下傳教，雙雙染病身亡，留下了簡愛。這是一個伏筆，讀者難免疑惑，難道都沒有其他的親人了嗎？她只有舅舅嗎？難道沒有父親那方的親人？

接下來故事的第二部分則是從夏綠蒂自己上學的經驗而來。故事的發展是，十歲的小女孩簡愛跟舅媽起了衝突，她對舅媽喊：「妳是一個惡毒的婦人，妳沒有好好照顧我，沒有遵循我舅舅的遺願，妳一定會受到懲罰。」舅媽非常生氣，決定送她去教會學校。此處關於教會學校的描寫是根據夏綠蒂幼時念寄宿學校的惡劣經驗。夏綠蒂就讀寄宿學校時也只有十歲，跟八十個女孩子住在一起，衛生極差，每天挨餓。《簡愛》故事中對於貧困的細節有非常詳細的描寫：早上起來沒有辦法洗臉，因為臉盆的水都結冰了，要先拿東西把冰敲破；或者即使非常餓也無法吞下早餐的粥，因為整個燒糊了──如果沒有親身經歷過這樣的生活，恐怕很難寫出這樣的細節。

故事中這些女孩日子非常辛苦，但彼此之間有深刻的友誼。簡愛在學校裏交了個好朋友叫做海倫，是她的精神支柱，另外還有一個善良的老師譚波爾女士，這兩個人是簡愛溫暖的來源，她從這兩人身上學習忍耐與平和，並且對知識產生好奇，開始用功念書，個性變得堅定沉穩，也變得比較自主。她本來會對海倫宣洩她有多麼痛恨舅媽，多麼痛恨富人。但是經過海倫和譚波爾女士對她的教導，她開始自我規範，使得她的個性趨於穩定，小時候的那種叛逆和憤怒漸漸消失了，這對於她日後面對的生活改變而言相當重要。簡愛

me strength to lead henceforth, a purer life than I have ⟨⟩ hitherto!"

Then he stretched his hand out to be led: I took that hand, held it a moment to my lips; then let it pass round ⟨⟩ shoulder; being so much lower of stature than he, I serve⟨⟩ both for his prop and guide. We entered the wood and⟨⟩ wended homeward.

Conclusion.

Reader — I married him. A quiet wedding we had: I, the parson and clerk were alone present. When we got from church, I went into the kitchen of the Manor-house, Mary was cooking the dinner, and John, cleaning the knives. I said:

Mary — I have been married to Mr Rochester this morni⟨⟩ The housekeeper and her husband were both of that decent ph⟨⟩ matic order of people, to whom one may at any time safe⟨⟩ communicate a remarkable piece of news without incurri⟨⟩ danger of having one's ears pierced by some shrill ejaculation, subsequently stunned by a torrent of wordy wonderment. ⟨⟩ did look up, and she did stare at me, the ladle with whi⟨⟩ she was basting a pair of chickens roasting at the fire, did ⟨⟩ some three minutes hang suspended in air, and for the ⟨⟩

哈沃斯近郊的威斯森山頂
（Top Withens），也是艾蜜
莉・勃朗特寫作《咆哮山莊》
故事背景的原型。
TOP PHOTO

Tpgimages

的教會學校時期雖然在書中只占一點分量，卻是人格形塑的
時期。除了友誼之外，宗教也是一大因素，這部分論及一些
基督教的教義，對一個人應有的倫理道德規範也有一些思
索，此外也論及面對生活困境的安貧態度。

不符合階級的愛情

　　《簡愛》故事的核心是她離開學校後從事家庭教師的生
活。在學校裏，簡愛的好朋友海倫得了肺結核死了，譚波爾
女士結婚後也離開學校，只剩簡愛一個人在學校。她覺得孤
單，也想離開換個環境。於是她到桑費爾府去做家庭教師。
桑費爾府的主人長年不在，因此簡愛只需負責教導年幼的小
姐即可，工作相當輕鬆。

　　某個冬日的黃昏，天光稀微，空氣濕冷有霧，簡愛要走好
幾里路到小鎮去寄信。在小徑上她意外地遇到了桑費爾府的
主人羅徹斯特先生。

　　他們相遇的畫面非常迷離夢幻。天色朦朧，她在山路邊，
走累了停下來休息，她聽到遠遠有馬蹄聲接近，簡愛那時候才
十八歲，稚氣未脫，她心裏暗想：「這是鬼還是怪物呢？」她先
看見一隻黑白相間的大狗經過，過一會兒，馬蹄聲越來越近，
一個穿著黑披風的男人騎馬過來。這人經過簡愛時，馬匹突然
跌倒了，這人摔在地上。於是簡愛走過去問：「先生，我能夠幫
你嗎？」這個人很不高興地說：「妳站到一邊別管我。」可是因
為他的腳扭了，沒辦法站，於是簡愛就把這人扶到馬旁邊去。
那人問她怎麼會一個人在這樣荒涼的地方，簡愛說，她在附近
的桑費爾府教書。那人沒說什麼，就走了。

　　當晚，簡愛回到桑費爾府，才發現剛剛跌倒的人就是桑
費爾府的主人羅徹斯特先生。這是一個很巧妙的安排，她不
是在正常的尊卑關係裏認識男主人並且日久生情，而是在相
當意外的狀況下認識的。當然這兩個人立刻產生莫名的情愫
了，她愛上了羅徹斯特先生。

德朵夫人攝

Corbis

（上圖）十九世紀英國鄉紳繪畫
（右圖）十九世紀英國基督教教義較為傳統保守，強調婦女在家庭中扮演的角色與倫理道德，《簡愛》正隱隱的探討了這樣的觀念。

簡愛在桑費爾府過著比較安定的生活，她與這裏的僕人相處和平，她和家教的小姐之間也非常親密。而且她發現了愛情——她自己是那麼窮困一無所有，卻愛上了主人。這在當時的階級觀念裏是非常僭越的，她不知該如何是好，她盡力阻止自己幻想愛情，可是她感覺羅徹斯特先生似乎很喜歡她。

豪宅的神秘空間

此時，故事的第二個主軸漸漸明朗，華麗的豪宅以及神秘的空間又出現了。桑費爾府是一個非常大的宅邸，他們通常在一樓活動，臥房在二樓，三樓有個小閣樓房間，但一般人都不准上去，只有一個安靜孤僻的女僕守著那房間。簡愛感覺三樓藏著秘密。有個晚上她忽然驚醒，她聽見很恐怖的笑聲，這個笑聲不像人，而是沒有情感沒有感覺的笑聲。這奇異的夜半笑聲把她驚醒了，她聽到走廊上有腳步聲，她開門看，卻發現走廊上瀰漫著煙霧。煙是從羅徹斯特先生的房裏飄出來的，於是她跑過去叫醒羅徹斯特先生，並且把火撲滅了。她跟羅徹斯特先生說了剛才的怪事。羅徹斯特先生要她別聲張，他自己出去查看，過了很久之後，他回來說沒事了，也不跟她多做解釋。簡愛就懷著奇特的疑慮，繼續在桑費爾府過下去。

後來羅徹斯特先生辦晚宴，請了許多當地的名流到桑費爾府來小聚幾日。某日晚上，突然出現了一個叫梅森的意外訪客，他來自殖民地西印度群島。羅徹斯特先生忽然十分不安。那天半夜，簡愛又聽見了奇怪的聲響，有人尖叫救命，所有賓客和簡愛都醒來了，眾人都跑到走廊上去。羅徹斯特先生匆匆走過來安撫眾人說沒事，是一個僕人做噩夢，請大家回去睡。過了一會兒，羅徹斯特先生悄悄找簡愛，要她幫忙，原來客人梅森的胸口被奇怪的東西咬了，奄奄一息的躺在三樓。羅徹斯特先生要簡愛幫忙照顧梅森，好讓他去找醫生。醫生來了之後，羅徹斯特先生要他趕快處理梅森的傷

31

口，並且趕在天亮之前把梅森送走。

簡愛非常疑惑，有人受傷差點沒命了，怎麼這樣草率處理呢？簡愛隱隱約約知道桑費爾府有一個大家共守的秘密，這個秘密跟禁閉的三樓、奇怪的笑聲，和孤僻的女傭連結在一起。簡愛覺得納悶，這宅裏有個奇特的神秘空間，她不能去，而大家都知道為什麼，卻不願意讓她知道。

另外，主人羅徹斯特先生有一些不為人知的過去，有時他會對簡愛講一些感慨之言，但是她聽不懂。簡愛心裏總是很遲疑，但因為個性和禮儀的約束，使她不太追問，即使她要追問，也會碰壁，她始終無法得到完整的答案，因此她就這樣懵懵懂懂地落入愛情。有些評論認為，其實羅徹斯特先生不是好人，只是因為作者夏綠蒂懷著很深的情感來寫這個角色，幾乎是從熱戀的女人眼中看見的戀人，所以使他具有無與倫比的魅力，事實上這個男人就是一個不誠實的人。

無論如何，在這一段故事裏我們看見，第一，神秘的小空間再度出現，而且越來越陰險、危機四伏。事實上，不只是空間神秘而已，連她旁邊的人都暗藏秘密，但是沒有人願意告訴她。其次，她在桑費爾府遇到更明顯的社會階級問題，比她小時候在舅母家遭遇的更難受。她小時候遇到的是自己親人之間的階級輕視，然而在這裏，她面對的是羅徹斯特先生的賓客們對她言語上的糟蹋，這是整個上層社會的惡習。

得到愛情，但真相讓人幻滅

某一天，羅徹斯特先生故意給簡愛一種錯覺，他要娶某個富家女為妻，羅徹斯特先生跟簡愛說她得搬走了，搬去愛爾蘭，因為他要結婚了。這其實是故意套簡愛的話，單純的簡愛信以為真，她哭了，並且告白了，告訴羅徹斯特先生她其實暗戀著他。這告白的一幕發生在夏天夜晚的花園裏。這段告白很有名，在任何的改編劇本裏都會出現。她說：「你以為因為我貧窮、低微、相貌平平、矮小，我就沒有靈魂沒

有心嗎，你想錯了，我的靈魂跟你一樣，我的心也跟你完全一樣，如果上帝賦予我財富和美貌的話，我會讓你難以離開我，就像我現在難以離開你一樣。上帝沒有那麼做，但我們的精神是平等的，就像我們的靈魂穿過墳墓站在上帝面前，彼此也是平等的，本來就是如此。」

《簡愛》之所以能夠打動這麼多人，是因為自始至終這個女孩子一次也不示弱，她從不把自己放在卑微的位置，她認為她與其他人是平等的，她有不可撼動的尊嚴，即使她非常窮、不漂亮、即使所有的人都糟蹋她，她也從來沒有低過頭。面對階級的歧視時，她從來沒有因為自己貧窮就瞧不起自己，她認為自己的價值並不亞於那些有錢人。很明顯地，這是對當時英國的社會階級提出嚴重的批判，是對社會階級差異深刻的反省。

當這些話從十八歲的簡愛口中說出來，羅徹斯特先生深受感動，他其實也愛著簡愛，因此他就向簡愛求婚了。

告白、求婚之後，簡愛以為她的人生圓滿了，但是當他們在教堂舉行婚禮時，那個曾經在三樓受過傷的不速之客梅森突然出現，阻止他們的婚姻。他宣稱，因為羅徹斯特先生已經有一個妻子了，就是梅森的妹妹白莎。由於白莎婚後沒多久就瘋了，因此她一直被秘密囚禁在三樓。

原來，簡愛聽見的笑聲、縱火事件、梅森受傷，都是白莎的行為。當年羅徹斯特先生的父親安排他娶白莎，為的是梅森家的財產。這段婚姻對他而言是極大的痛苦，羅徹斯特先生一直不願意承認。

在婚禮這天，簡愛發現原來她活在巨大的謊言裏，原來桑費爾府所有的神秘，其實都只是羅徹斯特先生被藏匿的過去。她幻滅了，她陷入愛情和尊嚴的兩難。她怎麼辦？難道要當他的情婦嗎？有可能繼續當家庭教師嗎？在婚禮破滅的第二天一大早，她選擇出走，離開了。

故事到了這裏，真相大白。神秘的疑團消失了，秘密揭曉

（右圖）1900年《簡愛》小說中羅徹斯特插畫，羅徹斯特的形象其實是非常嚴肅且孤傲的。

Corbis

（上圖）十九世紀的婚紗
（右圖）Firs Zhuravlyov的作品《結婚前夕》（Before the Wedding），畫中穿著婚紗哭泣的女孩，正如簡愛面臨婚姻與愛情幻滅的心境。

了，豪宅的神秘空間其實一點也不神秘，羅徹斯特先生的過去之謎就是這麼回事。簡愛認清了現實，世界就顯露了它的本質。在《簡愛》的故事裏，一個少女身處於撲朔迷離的關係裏，華美但陰險的豪宅彷彿就是這個社會。當社會的詭計被識破時，一個少女是沒有容身之處的。

聽見遙遠的呼喚

簡愛無法在這複雜的世界裏找到她自己可以安處的位置，所以她選擇了出走。夏綠蒂自己的經驗也是不斷地出走，這是她的個性，她想要離開約克郡，離開那個鄉下，她不斷地掙扎，她不斷想要走，但是都失敗了，這個世界太複雜，夏綠蒂最後還是回到那個小鄉下。

簡愛選擇出走。她放逐自己，漫無目的的往前走，在沼澤地迷了路，最後昏倒躺在路邊，差點死了。幸而一位年輕俊美的牧師發現她，救了她。這個牧師跟兩個姐妹一起照顧簡愛，於是簡愛又開始在這非常荒涼的沼澤小村重新生活。這牧師辦了一所鄉村學校，簡愛便在這裏做老師。她在這個鄉村重新休養自己，拾回了她對人及對自己的信任。

我們彷彿看到夏綠蒂將她自己的人生經驗寫了進去，這個人生經驗不僅僅是出走，更是回歸。當她在外面世界受到了挫折和磨難時，她能夠找回自己、找回信任的地方，就是她成長的約克郡鄉下。在這個安定而封閉的小地方，她重新確認自己的意義和價值，重新拾回她自己存活在這個世界的力量。

此時，簡愛的身世之謎揭露了：她父親的弟弟，也就是她的叔叔，在海外經商致富，立了遺囑將錢留給簡愛。而且她很高興地發現，意外幫助她的牧師和姐妹竟然就是她的表親。簡愛不但有了錢，還有了親人，她又重新有了一切。在如今看來，這個身世的揭發似乎過於夢幻。但這是1847年的英國，正是英國大力往海外發展的時候，大英帝國的海軍到了全世界每個角落，英國的貿易商人在全世界做貿易，因此英國社會當時盛行

37

英國的消費性文學 十九世紀英國開啟工業革命，機器取代人力，以標準化且規格化的工廠生產取代以往的個體手工生產方式，產品數量暴增；因此，為了能銷出產品，「消費」在當時成為相當重要的一件事情，這同時也是資本主義中的環節之一。

此時，也正是印刷技術進步、小說能夠大量生產的時代，加上雜誌等傳播管道普遍流行，進而建立起文學作品的發表平台和傳播網絡，除了大幅降低文學作品的閱讀成本外，更讓其成為大眾間不可或缺的休閒娛樂，如英國作家狄更斯就曾連載過小說。也因此，十九世紀英國的消費性文學逐步流行。

（右圖）十九世紀英格蘭鄉村。簡愛離開了桑費爾府後，來到一個寧靜的鄉下小村重拾自己的人生。

這種想像——一個人只要到海外、到殖民地、到非洲、到遠東做生意，一定是一箱一箱的黃金往家裏搬，是會發大財的。所以這個情節相當符合當時社會的想像原則。

一天晚上，簡愛的牧師表哥突然跟她求婚，他要到印度去傳教了，他認為簡愛可以跟他結婚，幫助他傳教。簡愛說她不能結這種沒有愛情的婚姻，但是這表哥非常堅持，他認為這是上帝的旨意。正當簡愛舉棋不定的時候，忽然間她彷彿聽見羅徹斯特先生在遙遠的地方呼喊她。她因此拒絕了表哥的求婚，她認為自己應該回去桑費爾府看看羅徹斯特先生。當然，那呼喊是她的想像，但這也表示她和羅徹斯特先生是真心相愛，心靈相通的。

具備所有受歡迎的因素

簡愛回到桑費爾府，驚然發覺整個宅邸曾經發生過火災，荒廢了，羅徹斯特先生搬到另一個小屋子去，而且他瞎了，身體有點殘廢。原來是有一天晚上瘋女白莎又放了火，而且她自己從樓上跳下來死了。雖然羅徹斯特先生已經殘廢，但是簡愛的愛情還是不變的，所以他們終於結婚了。

一個孤女勇敢面對種種坎坷與挫折，面對社會的挑戰，不曾迷失自己，經過一番非常戲劇性的轉折之後，她得到了財產，又得到了愛情。這樣的故事當然受到市場的歡迎，所有的因素它都具備了，有一個獨立自主的女孩，有撲朔迷離的關係，有神秘和懸疑的秘密，而這個女孩破除了種種世俗的偏見，勇敢追求愛情。百年來這個故事一直受到歡迎，《簡愛》一再的出版，它的經典化非常早，它的封面也越換越典雅，最通行的版本是有夏綠蒂的素描肖像在上面的。

《簡愛》至今仍然受到喜愛的原因之一，是因為「獨立自主的女孩」這個主題對於現代社會的意義太重要了。過去這一百年來女性的權利有了很大的變更，女性在社會上的地位，在家裏的價值不斷的提升。《簡愛》的故事回答了一個問題：「女人

失火的村莊，約瑟夫賴特
（Josepf Wright Of Derby）繪。

《簡愛》初版插畫
（左上圖）簡愛與舅媽爭吵。
（右上圖）簡愛從火災中救出羅徹斯特。
（左下圖）白莎撕毀簡愛的婚紗。
（右下圖）簡愛從未曾謀面的叔叔手中繼承兩萬英鎊。

應該怎麼樣面對這個社會？」這是每一代的女性可能都會迷惑的問題。這個故事塑造了一個不為困苦動搖的女孩子，她的條件不好，但是仍然堅守自己的原則跟尊嚴，面對一切的難題。這樣的主題歷久彌新。

從通俗走向經典

然而，一開始市場反映很好，但文學評價不好的《簡愛》，後來是如何經典化的呢？在二次大戰之前，《簡愛》曾經數次改編成電影。1934年的改編較偏浪漫通俗劇的設計，電影海報是金髮碧眼身著華服的美女，不像貧窮矮小的女孩。在原書裏簡愛是黑髮而且不漂亮，但是電影完全拍成通俗劇了，文學的意味去除了，強調的是愛情與財富，簡愛看起來艷光四射，與原書大有出入。

一個膾炙人口的改編是1944年的好萊塢版本。好萊塢追求商業市場，所以也將故事拍得很通俗——這部片子由歐森‧威爾斯和瓊‧芳登主演，同樣地，此片也看不出簡愛是個平凡的女孩，階級的差異也不明顯。羅徹斯特先生也相貌堂堂，男女主角的扮相太漂亮，說服力反而不夠。但是這個片子的影響很大，因為兩三幕關鍵畫面拍得非常經典，以至於後來一再改編的時候，都還是不斷模仿這個版本的處理方式。

第一個經典畫面是男女主角兩人相遇的場景，簡愛在山路邊，羅徹斯特先生騎馬跌倒，1944年的版本拍得煙霧迷濛，只聞馬蹄聲，忽然間，一匹馬破霧而出。之後的電影和電視都傾向模仿這個設計。其次的經典畫面是，簡愛在晚上看顧流血受傷的梅森時，羅徹斯特先生說，妳在這兒等我，然後就拿著燭火走了。簡愛非常害怕，她往窗外看過去，在不遠處，豪宅另一端，一格一格小小的窗子裏，羅徹斯特先生手中的燭火一格一格地，明明滅滅閃了過去，她知道他走過去，到那個奇特的神秘房間去。這兩個畫面在後來的改編電影或電視劇中都很

"How dare I, Mrs Reed?
How dare I?
Because it is the truth."

"What is it?
And who
did it?"
he asked.

It removed my veil
from its gaunt head; rent it in two parts,
and flinging both on the floor, trampled on them.

"And I am a hard winner—
impossible to put off."

©CORBIS

（上圖）1996年《簡愛》電影
劇照。年幼的簡愛被舅媽關在
紅房間內。
（右上圖）1996年《簡愛》電
影劇照。這個由好萊塢所拍攝
的版本以浪漫故事為主軸。
（右下圖）1944年《簡愛》
電影劇照,男女主角分別
是 歐 森‧威 爾 斯（Orson
Welles）與瓊‧芳登（Joan
Fontaine）。

常見。歐森‧威爾斯是個很有名的演員,他很壯,很有男子氣
概,講話聲音渾厚,有一種很不在乎的語氣,語氣幾乎是命令
式的。他在這個片子裏的表現,讓人覺得他不像是一個受到感
情困擾的人,而是一個非常有主見的、所有人都服從他的強勢
角色。他不怎麼像陰鬱的羅徹斯特先生,反而非常符合當年美
國好萊塢建構的理想的男性典型。

1970年,英國將《簡愛》改編成電影上映,此片次年在美
國電視上播放。該片男主角是喬治‧斯考特,他的詮釋比較
符合一般想像的羅徹斯特先生,嚴厲而且陰鬱,頗受好評。
1973年和1983年,英國國家廣播電視台(BBC)前後製作
了兩套《簡愛》電視影集,BBC的電視影集中規中矩,忠於
原著。誰能演羅徹斯特先生一直是個重點,因為他既不能太
帥,又必須散發迷人憂鬱的魅力,是個複雜的演技派角色。
1973年的男女主角都不是非常俊美,1983年的男主角是提摩
西‧達頓。

經過BBC的改編,《簡愛》的影視作品從通俗化又重新經
典化了,電視劇以拍攝經典作品的態度拍它,而不只是通俗
劇。此後《簡愛》的故事不管在文學市場上,還是在大眾文化
消費市場上,已經重新經典化了。1996年還有一個好萊塢電影
版本,是由威廉‧赫特演羅徹斯特,這個時候走的路線是比較
浪漫,比較強調愛情故事優美的軸線。1997年美國電視台又重
新拍攝了一次《簡愛》,比較忠於原著,也不是那麼力求通俗
了。

如今連1944年那部非常商業的好萊塢電影版本,也重新
發行了經典包裝。可見連當年的通俗劇也脫胎換骨,變成經
典電影。這個版本的「簡愛」重新上色、剪輯、包裝之後,
《簡愛》的經典化已經是全面性的了。

2006年,BBC重新拍了一次《簡愛》影集,總共分四集,
這個版本拍得非常精緻。男女主角相遇的場景以及幾個重要
鏡頭都改編自1944年的設計,選角完全符合《簡愛》角色的

描述，而且大部分的對白都沒有經過刪減。網路上可以看到的大都是這個版本。

這是通俗作品經典化，又通俗化，之後再經典化的歷程。當然，除此之外，還有其他的改編形式，日本曾經出版《簡愛》的漫畫，韓國也出版過。兩者都有中文譯本。日本曾改編《簡愛》為舞台劇，由松隆子飾演簡愛。中國大陸也改編過《簡愛》為舞台劇，前後由袁泉和陳數飾演。

延伸的文學作品

與《簡愛》相關或由《簡愛》延伸的文學作品非常多，夏綠蒂的妹妹艾蜜莉寫的《咆哮山莊》正是齊名的經典作品，台灣通行的版本是梁實秋的譯本。這是更陰暗的故事，透徹地寫出約克郡那個貧瘠的鄉下，陰冷、多風、潮濕，嚴寒的冬天等等。

另外一本也相當有名的小說，Daphne du Maurier的作品《蝴蝶夢》(Rebecca)，這個故事事實上是《簡愛》的翻版，故事設定在二十世紀初，故事裏的男女主角一開始就結婚了，但是問題還是在孤女身處豪宅的惶恐和茫然。只要有豪宅就有神秘空間，就有種種不可說的秘密需要去發掘。1940年，希區考克拍了《蝴蝶夢》的電影，女主角正是演「簡愛」的瓊‧芳登。BBC也曾經改拍這個故事為電視影集。

蕾貝嘉（Rebecca）不是女主角的名字，是一個已經不存在的女人的名字，是男主角的亡妻。書中的女主角嫁入了豪門之後，不斷的感覺到男主人去世的妻子蕾貝嘉陰魂不散。這豪宅有個女管家，非常懷念女主人蕾貝嘉，所以屋子裏所有的擺設都還是依照蕾貝嘉的喜好安置。因為女管家如此執著，所以蕾貝嘉雖然已經死了，但彷彿還在這個屋子裏徘徊。女管家對這個出身貧賤的女主角充滿了敵意，動輒拿她和蕾貝嘉做比較。這故事雖是《簡愛》的翻版，但是書名不是女主角的名字，而是自始至終糾纏著女主角的陰影，這也

（右圖）維多利亞女王畫像。《簡愛》寫作時，正是維多利亞女王執政，當時英國正大肆對外擴張、殖民地遍布，「日不落帝國」的榮耀處於顛峰。

是很有意思的差異。

還有一本相當值得參考的小說，中文譯名在台灣叫做《夢迴藻海》，大陸譯做《藻海無邊》（*Wide Sargasso Sea*）。藻海是指西印度群島東北邊的海域。BBC在2002年曾將這本書改拍成電影。

《夢迴藻海》的故事不是關於《簡愛》，但是跟《簡愛》的故事有前後關係——這是關於三樓裏那個瘋女白莎的故事。她為什麼會在那裏呢？她和羅徹斯特先生怎麼結婚的呢？怎麼沒有人知道她呢？這個角色在《簡愛》裏只是一個縱火者，一個神秘的瘋女，來自西印度群島牙買加的英國家族，《簡愛》裏對於這個角色沒有太多的交代。《夢迴藻海》是以白莎的故事為主題，算是《簡愛》的前傳。

如今《夢迴藻海》這本書也已經成為經典了，算是後殖民文學的經典作品。此書出版於1966年，作者珍·瑞絲（Jean Rhys）當時已經七十六歲了。珍·瑞絲是英國的海外移民，她的父親是英國人，母親是西印度群島的歐洲白人後裔。她直到十六歲才被送回英國受教育，因此她對於殖民地生活，以及英國在海外的第二代的經歷有深刻的瞭解。《夢迴藻海》寫了羅徹斯特先生年輕時到牙買加去和白莎相親、結婚，後來白莎瘋了，羅徹斯特不知如何是好，於是只得把她帶回英國，鎖在桑費爾府的三樓。

敘事採取雙線進行，一部分寫羅徹斯特先生的看法，一部分寫白莎·梅森的看法。白莎原本非常美麗，但是結婚之後，兩個人的感情有了裂痕，白莎的精神狀況便越來越糟，到了英國時，其實神志已經不清楚了。故事的結尾正好帶到了《簡愛》裏第一次出現的可怕夜晚：簡愛聽到了女人的狂笑，接著羅徹斯特先生的房間起火。這本書的情節安排是白莎仍然愛著羅徹斯特先生，她不是故意放火，只是恍恍惚惚的，讓蠟燭碰了窗簾。

在這個作品裏，可以看見對於殖民文化的反省和批評。特

（右圖）東印度公司的貨船。東印度公司成立於1600年，是英國侵略殖民地的工具之一。而《夢迴藻海》故事背景，正與英國殖民息息相關。

珍‧奧斯汀（Jane Austen）
1775年12月16日誕生於英國漢普郡（Hampshire）史提芬頓鎮（Steventon）。父親是一名牧師，她是家中的第七位孩子。雖然她沒有受過正規的教育，但在父母鼓勵接觸文學及善盡人文教養的耳濡目染下，從小就在文學方面展露出天賦。

珍‧奧斯汀從十多歲時便開始寫作，但卻一直到她三十六歲時，才出版第一本小說《理性與感性》（1811），後來陸續完成多部名作。其中《傲慢與偏見》可說是她最知名的作品，最初的書名為《第一印象》（First Impressions）。1816年，她的健康狀態惡化，最後在1817年逝世於溫徹斯特，留下部分未完成的作品。

©CORBIS

（上圖）《蝴蝶夢》劇照，劇中女星便是1944年飾演簡愛的瓊‧芳登，繼承了《簡愛》豪宅孤女的感覺。

（右圖）《傲慢與偏見》插畫——一個高傲的紳士。

別是對1847年的《簡愛》提出一個很重要的解讀視角——從當時英國對於殖民地的政策、歷史，和再現方式著眼，包括英國文學如何呈現殖民地的女人，以及在《簡愛》裏被輕輕提起又輕輕放下的幾個殖民地，這些都有非常沉重的故事和歷史。一些後殖民文學研究相當關注文學作品中對殖民地的再現，以及殖民地在敘事中究竟接合了哪些描述與聯想。

當然，這些是延伸的議題和討論，所有的文學都有其產生的社會背景條件，文學作品也都會遵循社會既定的想像原則，這個想像原則並非來自作者，而是當時社會視為理所當然的客觀條件。也就是說，英國有許多殖民地這個歷史事實，對於作者夏綠蒂而言是理所當然的存在事實，她是依據這個事實而創造出這個故事的。在後來更多的作者繼續演繹之下，產生了更多的作品，也有了更深切的反省。英國文學不只是獨立存在於英倫三島的文學，事實上也是在各個殖民地存在的基礎上建立起來的論述和思想。

如何從《簡愛》看「經典」

一個作品要成為經典需要很長的時間，以及非常多的讀者。而且，不論是一般讀者還是文學研究者，所有人都能在裏面找到可以共享的看法和說法。這也使得經典改編成其他表現形式的時候，可以有各種不同的詮釋角度。一本書成為經典之後，它就成為一個靈感的源頭，很多的人——導演也好作家也好，在裏面找到新的想法，新的見解，然後重新詮釋它，甚至衍生出新的故事來，不斷的有新的作品產生，這是經典最重要的價值。像《簡愛》還可以有前傳；有類似情節的小說；有電影和舞台劇，甚至還有漫畫。我想經典最大的價值，不單單只是在學院裏受到研究和尊崇，而是進入世俗的生活裏，一般人可以得到啟發，創作者可以從中得到靈感，我覺得這才是經典最大的價值。

與《傲慢與偏見》的比較

《傲慢與偏見》恐怕是西方世界最受歡迎的女性經典作品。我之所以沒有選《傲慢與偏見》純粹是因為個人因素，我確實比較喜歡《簡愛》，因為它呈現的意象比較複雜，它描寫了一些陰暗面。《傲慢與偏見》的故事比較正面，雖然它是關於人與人之間世俗的描繪和算計，但感覺上是光明正大的社交活動。我認為也可以看成是同一種女性的兩種樣貌，一個是在陽光底下，一個是在月光底下。《傲慢與偏見》的伊莉莎白，也是一個非常有自我見解的女孩，她是一個正面的、會發光的角色。她和達西先生之間有誤解，後來她雖然喜歡達西先生，但又拉不下臉來和解，從頭到尾她一直堅持她的做法和想法。反之，《簡愛》是負面的，她是躲在角落裏的陰暗角色，她也有自己獨特的看法，但是她始終被排除在社交活動之外；她一直愛著男主角，她沒有違背過自己的感情。《傲慢與偏見》講的是攤在陽光下的、客廳的、大堂裏發生的事情，沒有見不得人的事情，也沒有難以啟齒的秘密。而《簡愛》講的是後院子裏的、閣樓的、廚房的、小房間裏的難言之隱，敗德的、瘋狂的、不幸的事件。當然，最後兩人都很幸運，都有婚姻和豪宅了，大概當時這是女性小說的終極幻想吧。

結局反映作者內心渴望

夏綠蒂當然非常渴望《簡愛》那樣的愛情生活，可是其實她沒有得到。她爸爸是個貧窮牧師，她兄弟姐妹都死得很早，艾蜜莉在1848年死了，接下來安妮也死了，弟弟也死了，最後僅存夏綠蒂和爸爸相依為命。她結婚很晚，大約是三十七、三十八歲結的婚，她嫁給了爸爸的助理牧師。夏綠蒂結婚後一年，就在生小孩的時候難產死了，有人說她是流感，也有人說她一直孕吐，身體很差，因此無法熬過生產。總之夏綠蒂是死在產床上的。她三十一歲寫《簡愛》時，是

TOP PHOTO

（上圖）西敏寺中的勃朗特三姐妹紀念碑。

（右圖）夏綠蒂的書桌，她在此處完成了一部又一部膾炙人口的作品，但等待著她的，卻不是筆下的婚姻與豪宅，而是難產的痛苦與死亡，讓人唏噓不已。

她剛剛從比利時回到英國時，懷著很強烈的熱情寫羅徹斯特先生。這本書幾乎是她的人生，只是沒有想到七年之後，是這樣的結局。

啟蒙意義與局限

這本書一直強調簡愛是自食其力，她不靠任何人，而且在書裏不斷地強調她絕對要走自己的路，她不願受到其他人的影響，所以在別人看起來很好的婚姻，她拒絕了；別人看起來可以妥協的事情，她也拒絕了。在女性必須依賴男性的社會裏，她提出這樣的叛逆或堅持，是有啟發意義的。

我想它的局限來自於它的時代，雖然當時已經開始有個人主義自由的倡議，其實風氣還是非常保守封建，這本書很大程度是依附在基督教的教義詮釋和道德規訓之上，也就是說，《簡愛》的精神論述是來自於宗教。當然，她也花了許多篇幅對這些宗教道德主義提出隱隱的批評——在不敗德的狀況之下提出。說是局限也好，或者說這就是它所處的時代給定了這樣的條件，使它不可能逾越。當然我們不可能要求一個作家輕易就超越他的時代，作家能夠處理的正好是他自己的時代問題，以自己的時代為寫作的題材，所以如果能夠顯示出時代條件的複雜和問題，已經算是很好的作品了。

現在閱讀《簡愛》的意義和價值

我很難建議讀者從《簡愛》中看出什麼，我相信一部作品的意義，不同的人會有不同的看法，我甚至也看過完全從負面的角度來看《簡愛》的讀者，他認為這就是第三者的自白，其實這也沒有錯。能夠從《簡愛》得到的啟發在每個時代都不一樣，我們現在看《簡愛》，還是可以看到一個非常獨立自主、不受任何的權威或者是社會的成見動搖的女孩子，這樣的個性不論在哪個時代都很難得，如果能夠從這裏得到一點人生啟發也不錯。∎

故事繪圖

簡愛

平凡 繪圖
淑芬 文字

平凡擅於影像平面處理與色彩的運用，作品散見於雜誌、小說及電玩軟體。
畫集《藍調》、《花好月圓》、《FOCUS》、《夏日之後》等。
淑芬與平凡同為台灣著名插畫家，合著有彩虹書系列等。

愛情來的總是那麼的奇怪，
細膩處的驚心動魄比之動作片絲毫不遜色，
也許戲劇的元素總有類似之處。

小簡愛被罰站在凳子上，惡劣的老師把簡愛指為魔鬼的代理人：

「大家不要跟她遊戲，不要與她交談。」

這時卻有位朋友給了她友善的微笑，給了她最初的友情。

可惜這位天使卻早早病死了。

雖然這個地方是如此不值得留戀，但是這裏也讓她的知識得到啟蒙。

雖然這不是美國超人片，不過主角需要的大致上都差不多，有段悲慘的童年是個很好的開始。類似天將降大任於斯人也，要想能當主角，坎坷的遭遇是個必然。

長大後的簡愛，積極尋找工作，終於她找到了家庭教師的工作，
幾乎是迫不及待，她滿懷欣喜的前往下一個地方。

機率雖然是數學問題，不過在愛情故事裏，機率常常被用來傳達出一種近乎神奇的天命。試想初
戀就必須是一生唯一的愛戀，而純潔的女主角能夠在第一份工作就遇到自己這一生的最愛，而這
最愛的對象，雖歷盡千帆，卻義無反顧的深情相愛，這是多麼不可思議的機率啊！

「飄著霧的山莊，美得像一幅畫。

簡愛散步中隱約聽到馬蹄聲靠近，還沒真正判斷出方向，

一隻高大的馬就已從身邊滑過水池，飛濺的水形成一道彩虹，

彩虹彼端是跌在地上的男人，咒罵著爬起來，深邃的眼睛看向簡愛……」

宇宙中某個神奇的機率敲響了主角的命運之門，只是敲門的聲音過大了，我們不得不注意起，這位愛神的標的物究竟是誰。而愛情就從這注定的開場開始了。

原來，她遇到的正是她的雇主——羅徹斯特。

羅徹斯特問簡愛：「你會彈琴嗎？」

簡愛說：「會一點。」

羅徹斯特不友善的說：「我知道了，隨便哪個女學生都會說自己會一點。」

一般性的通論來說，男性通常是一見鍾情，而女性比較屬於日久生情。而愛上本來討厭的人，更是一發不可收拾？

雖然有不友善的開端，但是他們其實是很投契的。

羅徹斯特說：「真奇怪我竟然選擇對妳發洩這些知心話，
更奇怪的是妳居然就靜靜聽著，這樣也好。
我發現妳不會被我影響，而我卻會因此振作。
妳不像過去我遇到的人，
明著說我好，暗裏說我壞話。
妳直接了當告訴我我不好看，
這讓我留下深刻印象。」

當我們找不到愛的理由時，再奇怪的理由都可以當做藉口，反正在愛情故事裏，不合邏
輯只是個無傷大雅的玩笑。不斷接收情緒上的垃圾，居然也能愛上對方？

羅徹斯特的房間冒出火苗，隔壁房間的簡愛湊巧醒著，

湊巧的救了他，這本來只是人之常情。

但是羅徹斯特卻一定要把這件事安上意義，

羅徹斯特堅持至少要握手表達謝意，

他繼續說：「我早就知道妳會救我的，從第一次見面就知道，

我就知道妳與眾不同。」房間的火滅了，愛情的火卻在他們的眼中點燃。

南丁格爾情懷？當我們實在找不出理由來愛時，同情心是個不錯的原因。陷入危機，預習著失去
的可怕，讓愛情如同火苗慢慢的燒了起來。

前一晚才疑似冒出了愛苗，隔天羅徹斯特卻把他的情人帶來。

大家都傳說他們將會結婚，那天眼中的火花只是誤解嗎？

被嫉妒燒痛的簡愛完全不知所措。

這時簡愛的親人正好病危，這是個讓簡愛離開冷靜一下的機會，

也讓羅徹斯特的表演突然因為失去觀眾，而意興闌珊。

為了證明對方的愛，尤其是在愛情的開端時，愛人們準備好了各式各樣的題目來考驗對方。總是
以為聰明的自己，卻犯了全天下蠢人都會犯的錯。

簡愛比預定離開更久，羅徹斯特焦慮不已。他說出一堆反反覆覆的話：

「我會親自幫妳找到一個好工作以及落腳的地方，可能是在愛爾蘭吧。」

簡愛慌亂的說：「愛爾蘭很遠！」

羅徹斯特說：「是啊，然後我們將永遠不再見面。」

「當你像這樣靠近我時，我就覺得我的心似乎與你有一種連結，

如果你離得太遠，我想我的心會流血的。」

「可是妳，妳會把我忘掉，妳不會像我一樣痛苦！」

「我不會。」女主角哭了起來。

「那麼妳就留下來。」

羅徹斯特吻了簡愛。他不再賣關子的提出求婚。

自尊常常是愛情的殺手，顧著自尊，傷害了自己在乎的對手，卻不知傷得最重的往往是自己，尤其是自欺欺人的部分。一旦雨過天晴，那份快樂，連身為觀眾的我們也都能感受到。

除了管家太太似乎不看好之外，大家都為他們的婚禮高興準備著。

羅徹斯特隱約是有不安的，

簡愛卻是一派天真沉浸在甜美的幸福婚紗中。

透過婚紗，她看到的世界都是美的。

滿心以為建築好的幸福小屋，能經得起大風大雨的摧殘，沒想到男主角的過去像是陰影般，讓這堅固的小屋彷彿紙糊出來似的。男主角就像賭徒般，以為下一把能回本。而女主角視而不見危機，將為這段感情帶來故事裏最大的劇情轉折。

正在進行的婚禮被人阻止了。

羅徹斯特被拆穿已經有個元配，既然說開了他就把一切都說出來，

他要大家評評理。

年輕的他被欺騙，難道他就該承擔所有的錯？

為什麼他就失去追求幸福的權利。

沒有人不同情他，但是也沒有人能解救他。

背後充滿陰影的男人！這是很重要的橋段。只是陰影並不適合公開討論，那將使一切變成令人難
堪的尷尬。受害者的哀號，讓深表同情的配角們，除了同情，仍執意的要他遵守之前的契約。

美夢破碎，簡愛無法再留下來。她匆忙離開，甚至什麼都沒帶走。
漫無目的的走，不小心還把唯一的包袱遺失，差點餓死之際。
她被一個牧師收容了。

遇到了難以解決的苦惱時，選擇離去是個不錯的方法，只是千萬記得要把行李帶好，不然就只能
指望好心人，故事才能繼續。

原來牧師以及他的妹妹，是簡愛的親人。

在這裏她得到了意外的親人以及意外的遺產。

本來平靜的生活，卻好景不常。

她表哥聖‧約翰想去印度傳教，同時看好她的堅毅，

認為她可以也應該當個牧師妻子，於是向她求婚。

但是她並不願意為了上帝結婚。

宇宙間的巧合再度發生，坦白說，如果故事從這邊開始也不是不行的，只是配角就是配角，不討喜的男配角，就算有上天的幫忙，仍舊無法得到女主角的青睞。那上天注定到底算什麼呢？

不管怎麼打聽都沒有羅徹斯特的消息，即使寫信也沒有回音。

簡愛覺得一定得回去看看羅徹斯特，沒想到看到的卻是斷垣殘壁。

把問題逼到主角眼前時，上天的安排似乎把女主角的選擇逼到了懸崖的邊緣。潛意識的選擇，讓我們再次見識到愛情的神奇。

一場意外，也意外解決了他們不能相愛的阻礙。

羅徹斯特的妻子，雖然瘋了放了火，她總是愛放火，

卻適時的做了正確的選擇，跳下火堆，讓自己跌得粉身碎骨。

只是，火也燒瞎了羅徹斯特，簡愛悄悄的來到他身邊，

遞上水，羅徹斯特聽到簡愛的聲音，

他不敢相信，以為自己又做夢了。

選擇回到男主角身邊的女主角，似乎不再需要解決之前無解的陰影了，只要一把火，燒掉了房子
也燒掉了過去的困擾。只能說，傑克，這真是太神奇了！

故事總是會到結尾，全瞎的男主角也再次的得到了神蹟復明，

雖然只有一隻眼，總是好過沒有吧。

更重要的是，觀眾喜歡的快樂結局是必要之惡，

怎麼說都已經歷經了那麼多的神蹟，

讓這段經歷過大風大浪的愛情有個小小的幸福也不算是什麼過分的要求。

只是啊，千萬別再往下問說王子和公主結婚之後的事情，

那是其他芭樂戲的問題了。

他們終於結婚了，簡單的婚禮，兩人從此就過著幸福快樂的日子。

原典選讀

夏綠蒂‧勃朗特Charlotte Brontë 原著

李文綺 翻譯

（遠流出版公司授權使用）

第十二章

我初來到荊原莊的過程平靜無波，似乎保證了我的事業也能順利發展，在進一步認識這個地方和它的居民以後，這保證並沒有被推翻。菲爾法斯太太果真像她的外表所表現的一樣，是個脾氣溫和、本性善良的女人，受過足夠的教育，具有一般的智力。我的學生是個活潑的孩子，嬌生慣養，所以有時候任性；可是由於她被託付給我全權照管，而且也沒有哪方面來的什麼不明智干涉能阻撓我對她的矯正計畫，她很快就忘掉了她那些小小的奇思異想，變得聽話而願意受教了。她沒有優越的天分，沒有顯著的性格特點，沒有感情上或者愛好上的特殊發展，能使她比同齡的一般水準高出一英寸，可是，她也沒有什麼缺點或惡習使她落到這個水平以下。她有了適當的進步，對我懷著一種雖不很深卻還熱烈的情感。她那單純快樂的瞎扯淡和要討人喜歡的努力，在我心裏激起了一定程度的依戀，足以使我們兩人能滿意地相處。

這點，要附帶說明一下，可能會被那些擁護冠冕堂皇的理論的人，視為冷酷的言語，因為他們認為兒童有天使般的天性，負責教育兒童的人應該對他們有盲目崇拜的奉獻精神。可是我寫作並不是要來迎合父母親以自我為中心的心態，並不是人云亦云地附和空洞的教條，或者是支持騙人的大謊言，我只是說實話罷了。對於亞黛兒的幸福和進步，我感

到一種出於天良的關心，以及對她這小小自我的一種無言的喜愛，正如對於菲爾法斯太太的好心，我抱有一種感激的心情一般；她默默地尊重我，心地和性格又都很穩健自制，讓我也很高興與她相處。

誰愛責怪我就責怪我吧，我可要繼續說下去。我常常一個人在庭園裏散步，走到大門前，朝門外順著大路望出去，或者趁亞黛兒跟保母在玩，而菲爾法斯太太在貯藏室裏做果凍的時候，走上三道樓梯，推開頂樓的板門，來到鉛板屋頂上，遠遠地眺望著僻靜的田野和小山，遙望朦朧不清的天際。那時的我，總渴望有能力能超出那個極限，讓我看到那些聽說過、卻從未見過的攘攘世界、城鎮和充滿生命活力的地區；渴望自己能有比現在更多的實際經驗，能夠跟再多一些與我同類型的人交往，能夠比在這兒更多地結識各式各樣的人。我珍視菲爾法斯太太的優點，珍視亞黛兒的好處；但是我相信世界上還有另外一些更有生氣的善良類型，我希望能親眼目睹我所相信的這一切。

誰責怪我？很多人，一定的，我會被說成不知足。沒有辦法；不安分的性格好似就在我天性裏，有時候攪得我心亂如麻。那時，我唯一的寬慰就是在三樓的走廊上踱步，來來又回回，在這地方的幽靜孤寂中得到安全感，聽任我心靈的眼睛注視著面前升起的任何一個光明的夢想──夢想當然是又紛

繁，又耀眼；任由我的心靈隨著狂喜的運動起伏，讓它在煩惱中膨脹，帶著生命力而擴張。然後，最美好的是，打開了我內心的耳朵，讓它聆聽一個永遠沒有結局的故事——藉由想像不斷創造和敘述出來的故事，絢爛繽紛，因為我將所有我渴求而實際上並不擁有的情節、生命、火花和感情，都賦予其中。

說人們應該對平靜感到滿足，是沒有用的；人必須有所行動，即使找不到行動，也得創造行動。千百萬人被註定了要處在比我更沉悶無趣的命運中，千百萬人在默默地反抗著自己的命運。誰也不知道，在人們每日耕耘培植的生活中，除了政治反叛以外，還有著多少的別種反叛在醞釀著。女人總被認為應該非常安靜，可是女人也和男人有一樣的感覺；她們像她們的兄弟一樣，需要運用她們的所有機能，需要一塊領域讓她們可以施展她們的幹勁；她們分毫不差地跟男人一樣，會為過於嚴厲的限制而苦惱，為過於斷然的停滯而痛苦；而她們那些享有較多特權的同類卻說她們應該認分地做布丁、織襪子、彈鋼琴、縫口袋就好了，這真是心胸狹窄。如果她們超出習俗所頒布的女性所需要的範圍，去做更多的事、學更多的東西，他們就因而指責她們、嘲笑她們，那真是太自私了。

像這樣的獨處時刻，我並不是不常聽到葛莉絲・普爾的笑聲：同樣的一陣大笑，同樣的低沉和緩

慢的哈！哈！這在第一次聽到的時候，曾經使我毛骨悚然。我還聽到她那古怪的囈語，那比她的笑聲更怪異。有些日子，她十分安靜；可是有些日子，她發出來的聲音實在匪夷所思。有時候我看見她從她的房間裏出來，手裏端著一個臉盆，或者一只盤子，或者一張托盤，下樓到廚房裏去，很快又回來，往往（噢，喜好浪漫的讀者啊，原諒我告訴你這赤裸裸的事實）拿著一壺黑啤酒。她的外表總能把她的古怪聲音所挑起的好奇心給平撫下去：嚴峻的面貌，沉著穩健，沒有什麼特點足以引人產生興趣。我嘗試過幾次想引她談話，可是她似乎是個不多話的人，往往一個單音節的回答就把這種努力給打斷了。

這宅子裏的其他成員，即：約翰夫婦、女僕莉亞、法國保母蘇菲，都是正派的人；但是沒有任何突出之處。我常常和蘇菲講法語，有時候問她一些關於她祖國的問題；可是她不善於描繪或敘述，往往做出無味而紊亂的回答，好像是在制止而不是鼓勵人家發問。

十月、十一月、十二月都過去了。一月份的一個下午，菲爾法斯太太為亞黛兒請了一天假，因為她感冒了。亞黛兒興高采烈地支持這個請求，不禁讓我回憶起，在我自己的童年時代，偶爾的假日對我是多麼地珍貴，於是我同意了，認為自己在這一

點上表示通融，倒是做得不錯。那一天天氣清朗寧靜，只不過非常冷。整個漫長的上午都坐在書房裏一動也不動，已經讓我感到厭煩。菲爾法斯太太剛好寫完一封信準備要寄，我就戴上軟帽、穿上披風，毛遂自薦要把信送到乾草村去。那兩英里的路程，將會是一場宜人的冬日午後散步。我看著亞黛兒在菲爾法斯太太的起居室的壁爐邊，舒舒服服地坐在她的小椅子上，把她最好的蠟製娃娃給她玩（那娃娃在平時都被我用錫箔紙包著，放在抽屜裏），還給了她一本故事書，換換娛樂方式，然後她用法語說：「早點兒回來，我的好朋友，我親愛的簡妮特小姐。」我吻了吻她作為回答，便出發了。

路面很堅硬，空氣平靜，我的旅途是寂寞的。我快步走著，直到身體暖和起來為止。然後再放慢步伐，享受和析辨著此時此境為我而生的種種樂趣。那時正是三點，教堂的鐘在我從鐘樓下經過時，剛好響起，這一時刻的美，就在那逐漸臨近的朦朧，就在那緩緩沉落、光芒褪淡的太陽之中。我離荊原莊已經一英里，在一條夏天以野薔薇，秋天以堅果和黑莓聞名的小徑上走著；即使是現在，也還是有一些珊瑚珍寶般的薔薇果和山楂；然而此地最賞心悅目的景致，是全然的幽僻與無葉的恬靜。假使吹起了一絲微風，絕不會發出一點聲音；因為沒有一棵冬青、沒有一株長青樹可以沙沙作響，光禿禿的

山楂樹和榛樹叢，跟鋪在小路中間的碎白石一樣寧靜。小路兩邊，只有廣大無邊的田地，現在沒有牛兒在吃草；幾隻偶爾在樹籬中撲動的鳥，顯得好似一張張忘了落下的褐色枯葉。

這條小徑一路上坡，通到乾草村。我已經走了一半路，便在田野外圍入口處的梯磴上坐下。儘管是冰冷徹骨的天氣，但是我裹緊了外衣，把雙手藏在暖手筒裏，便不覺得冷；小路上結的一層冰可以證明天氣之嚴寒。重又結上冰的一條山澗，在幾天前迅速解凍的時候，水蔓延到這裏來。從我坐著的地方，可以俯瞰到荊原莊。這棟有著城垛的灰色住宅，是下面山谷裏的主要景物；它的樹園子和黑黝黝的禿鼻鴉林據著西邊高聳出來。我在這兒一直逗留到太陽沉入樹叢中，然後又嫣紅明豔地在樹叢後面沉落，才轉向東方前進。

在我上方，正在升起的月亮已經爬坐到山頂上，跟朵白雲一樣白，但是每一刻都變得更為明亮，臨視著乾草村。乾草村有一半淹沒在樹叢中，屈指可數的幾管煙囪裏吐出一縷藍色輕煙；離這裏還有一英里路，可是在萬籟俱寂中，我已經可以清清楚楚地聽出微細的生活的嗡嗡聲了。我的耳朵還感覺到流水聲，但那是從哪個溪谷、哪個深淵裏傳來的，卻說不出來；不過乾草村那一頭有很多小山，毫無疑問，必定有不少山溪在其中那些河道上穿梭縱

橫。黃昏的寂靜，同樣地洩漏出最近溪流的叮咚聲和最遠處流水的淙淙聲。

一個猛烈的聲音，打破了這美妙的漣漪細語，聽來既遙遠又清晰，確確實實的重步踐踏聲，鏗鏗鏘鏘的金屬抖動聲，把輕柔的蜿蜒水波聲給掩蓋住了，猶如在一幅畫中，一大塊堅硬的危岩峭壁，或者幾截大橡樹的粗壯樹幹，用暗色調黝黑而濃烈地畫在前景上，把空氣般輕靈的碧青山巒、晴朗的地平線，以及用一種柔色融進另一種柔色調和出來的雲朵，給掩蓋過去。

這些噪音是從石子路上傳過來的：一匹馬正走過來；小徑的彎彎曲曲還遮著牠，可是牠在漸漸走近，我本來正想離開梯磴，但是這小徑很窄，我只好坐著不動，等牠過去。在那些日子裏，我還年輕，腦子裏占據著各式各樣光明和黑暗的幻想，兒童故事和其他一些亂七八糟的東西，還留在我的記憶裏，它們重新出現的時候，正在成熟的青春，為它們增添了童年時期所不可能給予的活力和真實感。馬兒逐漸走近，我等著見到牠在暮色中現身，想起了貝絲講過的一個故事，說的是英國北部的一個妖精，名叫「埃特拉西」，它會變成馬、騾子或者大狗的外型，在荒郊野外的路上作祟，有時候突襲天黑了還在趕路的人，就像這匹馬現在向我襲來一樣。

牠已經很靠近了，但是還看不見。這時候，除了啪噠啪噠的馬蹄聲以外，我還聽到樹籬下有匆匆前進的聲音，接著緊挨著榛樹幹旁，溜出來一條狗，牠黑白相間的毛色使牠被樹叢襯托得很顯眼。牠完全是貝絲的垓特拉西的一個變身——一個獅子模樣的動物，毛很長，頭很大。然而，牠經過我的時候，卻十分地安靜，並沒有像我原先以為的那樣，牠停下來，抬起奇怪而不像狗眼的眼睛盯住我的臉看。馬兒也跟過來了，是匹高高的駿馬，上面還坐著一個騎士。這個男人，這個人類，立刻打破了魔咒。因為從來沒有什麼東西騎過垓特拉西，牠總是孤獨的；而妖怪呢，據我所知，雖然可以借用不會講話的野獸的屍體，卻不大會想藏身於普通的人體。這可不是垓特拉西，不過是個抄近路去米爾科特的旅客罷了。他經過我，繼續趕路；不過才走了幾步，就讓我掉轉頭來，因為滑倒的聲音與「媽的，這下可好了！」的驚呼，還有緊接而來的轟隆聲響，抓住了我的注意力。人和馬都倒在地上，原來他們在覆蓋路面的那層薄冰上滑了一跤。狗蹦蹦跳跳地跑回來，看見牠的主人處在困境中，聽到馬兒在呻吟，便狂吠起來，吠得傍晚的群山都發出了回聲，那吠聲低沉，和牠的大塊頭體軀成正比。牠在癱倒地上的同伴四周聞了聞，然後跑到我面前；這就是牠所能做的一切——附近沒有別的人可以求救了。我順從了牠，往下走到旅客

跟前。他這時正從馬身上掙脫出來。他使出了那麼大的力氣，我想他應該沒有傷得多嚴重。不過我還是問了他這個問題：

「你受傷了嗎，先生？」

我想他是在咒罵，不過不太確定；但他總是在講些敷衍而無意義的話吧，好使他得以避開我的問題，不用直接回答。

「我能幫什麼忙嗎？」我又問了一次。

「妳還是給我站在一邊吧。」他一邊說一邊爬起來，先是用膝蓋撐住，然後才用腳站起來。我聽話站到一旁。馬上開始了重物起身、踉蹌、又嘩啦跌倒的過程，伴隨著咆哮聲和狗吠聲，這一切很有效地把我趕到數碼遠的距離外；不過我不讓自己被趕得太遠，直到看完整個經過為止。最後的結果還算幸運，馬又重新爬了起來，而狗也在一聲「坐下，派洛特！」的喝斥之下立時啞然噤聲。現在那旅人正傴僂著身體，摸他的腳和腿，好像在檢查它們是否健全；顯然是有什麼不對勁，因為他蹣跚地走到我剛剛離開的梯磴那兒，坐了下來。

我頗希望能幫上忙，或者，我想至少是想管點閒事吧，因為我這時又向他走近。

「如果你受傷了，需要幫手的話，先生，我可以到荊原莊或者是乾草村去找個人來。」

「謝謝，我沒問題。我骨頭沒斷──只是扭傷罷

了。」他再一次站起來，試試他的腳，不過那樣的結果是，扭出了一聲忍不住而叫出來的「啊！」

　　日暮還留有一丁點，盈月漸亮，我可以清清楚楚地看見他。他的身影包在一件騎馬用的披風裏，皮領鋼釦；細節看不清楚，但是可以看出一些大體上的特徵：中等高度，胸膛相當寬闊。他有張黝黑的臉，嚴厲的長相，抑鬱沉重的眉骨；這時候他的眼睛和皺著的眉毛看上去好像慍怒和受了挫折。他已經不是青年，但還沒到中年，大概有三十五歲光景。我對他不覺得害怕，但有點羞怯。要是他是個俊美、英姿颯爽的年輕男士，我就不敢違背他的意願，站在這裏問他問題，提供這不請自來的幫忙。我幾乎從來沒有看見過任何俊美的年輕人，一生中也從來沒有同那樣的人說過話。我對於美麗、優雅、英勇和魅力，抱有一種純屬思維上的崇拜與敬仰；但若這些質地在男人的肉體上成為具象，而讓我遇見，我靠著本能就可以知道：它們同我所擁有的一切，都沒有，也不可能有一致的地方，而我應該躲開它們，像人們躲開火、閃電或者任何其他閃亮卻與人不相容的東西那樣。

　　甚至於，如果這個陌生人在我向他問話的時候，對我微笑一下，好顏以對，或者是用愉快的道謝來回拒我提出的幫助，我也就會繼續趕我的路，而不感到有什麼責任再提出什麼詢問了；然而這個旅客

的怒容和粗暴卻反而讓我從容下來，儘管他揮手叫我走開，我還是站在原處，而且宣布：

「我沒辦法在這麼晚的時刻，就這麼離開你，放你一人留在這荒僻的小徑上，先生，除非讓我見到你能夠重新騎上馬。」

聽見我這麼說，他轉眼看看我，在這之前，他的眼睛幾乎完全沒有往我這方向望過來過。

「我認為倒是妳自己才應該回家去，」他說，「如果妳在附近有個家的話。妳從哪裏來的？」

「就從下面那裏。只要有月光，我一點都不怕在天黑時待在外面。如果你要，我很願意為你跑到乾草村去；事實上，我本來正要去那裏寄信。」

「妳就住在下面那裏——妳是說住在那棟有城垛的房子裏嗎？」他一面指向荊原莊，這時月亮正將銀灰色的光芒投擲其上，把它蒼白而分明地，從樹林上凸顯出來，那片樹林，此刻在西邊天空的對比下，好似一大片陰影。

「是的，先生。」

「那房子是誰的？」

「羅徹斯特先生的。」

「妳認識羅徹斯特先生嗎？」

「不，我還沒見過他。」

「那麼，他現在沒有住在那裏嘍？」

「沒有。」

「妳能告訴我他在哪裏嗎？」

「我不能。」

「妳不是那宅子的女僕，那當然。妳是──」他停下來，用眼睛打量我的服飾，它跟往常一樣，相當簡單：一件黑色的美麗奴羊毛披風，一個海狸毛軟帽；兩件東西都沒有貴婦侍女所穿著的一半漂亮。他陷入狐疑，無法斷定我是誰──於是我幫助他。

「我是女家教老師。」

「啊，女家教老師！」他重複了我的話；「要我不忘記才怪呢！女家教老師！」我的穿著隨即又受到一次審視。兩分鐘後，他從梯磴上站起來，想舉步移動，臉上卻露出痛苦的表情。

「我不能託妳去求救，」他說，「但是妳也許可以親自幫我點小忙，如果妳這麼好心的話。」

「好的，先生。」

「妳沒有雨傘可讓我充作枴杖嗎？」

「沒有。」

「試著去牽韁轡，幫我把馬牽過來這裏。妳不會害怕吧？」

如果是我獨自一人，我可能會害怕去碰觸馬匹，但是當有人要我這麼做時，我倒願意照著做；我把暖手筒放在梯磴上，走到那匹高大的駿馬前面。我努力要去抓住韁轡，但是那是匹兇烈的馬，不讓我

靠近牠的頭；我試了又試，徒勞無功，還得一邊害怕著牠那用力踹蹬的前腳。那旅人等在一旁看了一會兒，最後大笑起來。

「我懂了，」他說；「山永遠都不會被移到穆罕默德那裏去的，所以妳只好幫穆罕默德走到山那裏去啦；我得請妳到這裏來一下。」

我走過來，「抱歉了，」他繼續說，「現實需要逼得我借助妳的用處。」他把沉重的手放在我肩上，將重量分一點到我身上，一跛一跛地走向他的座騎。一拉住韁繩，他就立刻馴服了那匹馬，然後奮力跳上座鞍，一邊痛苦地皺著臉，因為這些動作扭動到他受傷的腳踝。

他放開用力咬住的下嘴唇後說：「現在，把我的馬鞭遞給我，它落在樹籬下面那裏。」

我過去找，找到了它。

「謝謝。現在趕緊去乾草村寄信吧，盡可能早點回來。」

馬刺戳了一下，那匹馬先是立起來，然後躍起跑開；那隻狗尾隨著牠的足跡急急跟過去，三者全部消失無蹤──

像石南，在荒野

讓狂風捲跑

我撿起我的暖手筒，繼續向前走。對我來說，這件事發生過，也已經過去了。在某種意義上，這

是一件毫不重要、毫不浪漫，也毫無趣味的事；然而，它標示著一成不變的生活中有了一個小時的變化。我的幫助受到了需要與要求，我便給予了幫助，這讓我很高興自己做了點事，儘管是個短暫而無足輕重的小表現，畢竟是件主動的事，因為我對於完全被動的生活，已經是那麼地厭倦了。對於我的記憶之廊，這張新的臉，彷彿是一幅剛引入的新的畫作；它和所有掛在那兒的其他的畫都不同：首先，因為它是男的；其次，因為它又黑又強硬又嚴厲。我走進乾草村，把信投到郵局的時候，那張臉還在我眼前；我快步下山，一路走回家時，還可以看見它。當我來到梯磴這裏，我停了一分鐘，看看四周並傾聽，想著石子小路上也許會再響起馬蹄聲，也許會再出現一個穿披風的騎士，和一條埃特拉西般的紐芬蘭狗。不過我眼前只見到樹籬和剪去樹梢的柳樹，文風不動、直挺挺地聳立著迎向月光；只聽到一英里外，荊原莊附近樹叢間，一陣陣飄遊而過的最微弱的呼呼聲。我朝著微風低語的方向望去，我的眼睛，橫越過宅邸的正面，注意到有一扇窗子裏點起了燭火。這提醒我時間不早了，於是我急急忙忙地繼續前進。

我真不願再走進荊原莊。跨過它的門檻，就是回到那停滯狀態中，就是要穿過蕭靜的大廳，走上黑暗的樓梯，尋找我自己那可愛的小房間，然後去會

見恬靜的菲爾法斯太太，跟她，而且只跟她，一起度過漫長的冬季夜晚；跨過那門檻，就是要把我在散步時喚醒的微微的興奮完全打消，要把千篇一律、過於靜止的生活，把我逐漸開始無法欣賞其中安逸特權的那種生活，再一次像看不見的枷鎖般，銬鐐在我的才能上。要是我曾在不穩定而需要掙扎的生活風暴中浮沉、在惡劣而痛苦的經歷中變得渴望平靜，渴望我現在身在其中卻埋怨叫苦的平靜，那麼現在的狀況會對我多麼地有益！沒錯，它就像是讓一個在「太舒適的安樂椅」裏乖坐許久而覺得厭煩的人，起來做一場長途散步一樣地有益；而在我的情況，期望著有所活動，就跟他的情況一樣自然。

我在大門口流連不去，在草坪上逗留不走，在鋪道上來回踱步。玻璃門上的百葉窗關閉著，沒辦法看到裏面；我的眼睛和心靈似乎都被吸引著離開那所陰暗的房屋，離開那沒有光線的牢房（我認為是這樣）的灰色洞穴，轉向那展現在我面前的天空——一片沒有受到任一抹雲朵玷污的碧海；月亮正以莊嚴蕭穆的步伐登上天空，它的球體來自下面很遠很遠的地方，攀過小山頂時，好似抬頭仰望，渴望著要登上中天，到那深不可測、遠不可量的午夜的漆黑之中；而尾隨著它的那些顫動著的繁星呢，讓我的心也顫動起來，我一見到它們，就覺得血脈僨張。小事情就可以把我們召回塵世裏；宅子

裏敲起的鐘聲，就夠了。我從月亮和星星那兒轉回頭來，打開一扇邊門，走了進去。

大廳暗暗的，唯一的一盞高高掛起的青銅燈，還沒點上，一片溫暖的火光浮泛在大廳和橡木樓梯的下面幾級上；這紅潤的光亮是從大飯廳裏漫射過來的。大飯廳的雙扇門敞開著，露出了壁爐架子裏溫暖舒適的爐火，火光投射在爐前的大理石地板上，投射在銅製的火叉火鉗上，把紫色的帷幔和磨光的家具照耀得洋溢著最宜人的光輝。它同時，還照耀出壁爐邊的一群人。我才幾乎要看到這群人，幾乎要意識到歡樂的混雜的人聲──其中我似乎聽得出有亞黛兒的聲音─門就給關上了。

我匆匆地走到菲爾法斯太太的房間裏。那兒也生了火，可是沒有蠟燭，菲爾法斯太太也不在。只不過，看見了孤零零的一條狗，端坐在地毯上，認真專注地盯著火燄。看見了那黑白相間的長毛，跟小徑上遇見的那隻埃特拉西一模一樣；牠是那麼地像，所以我走過去叫了聲：「派洛特！」那東西站起來走向我，向我聞聞嗅嗅。我撫摸牠，牠便搖起牠的大尾巴來；不過跟隻這種模樣的動物單獨待在這裏，實在有點恐怖，此外我還不清楚牠是打哪兒來的呢。我搖搖鈴，因為想要一根蠟燭；而且一方面，也想要有人來為我說明一下那個訪客的情況。莉亞進來了。

「這是哪裏來的狗？」

「牠是跟著主人來的。」

「跟誰？」

「跟主人——羅徹斯特先生——他剛剛到達。」

「是嗎！那麼菲爾法斯太太跟他在一起嗎？」

「是的，還有亞黛兒小姐；他們正在飯廳裏，約翰去請外科大夫了，因為主人出了點事。馬跌了跤，他的腳踝扭傷了。」

「那匹馬是在乾草道上跌跤的嗎？」

「是的，下坡的時候，在某塊冰上滑倒了。」

「啊！請幫我拿根蠟燭來好嗎，莉亞？」

莉亞拿來了蠟燭，她走進來，後面跟著菲爾法斯太太。菲爾法斯太太把這消息又重複了一遍，還補充說卡特先生，那位外科醫生已經來了，現在正跟羅徹斯特先生在一起。接著她出去吩咐一下準備茶點的事，我便上樓去脫掉行裝。

亮麗的仲夏閃耀在整片英格蘭土地上，天空是如此澄淨，陽光是如此燦爛，這樣的陽光已經接連好幾天了，這四面環海的島嶼，向來很少獲得陽光恩寵，即使只是一天。這簡直像是一長串的義大利好天氣，從南方而來，彷彿一群豔麗候鳥般地，落腳在不列顛的懸崖上歇息。荊原莊的乾草都已收藏了起來，四周的田野都已收割過，呈現一片碧綠，道路被太陽曬得又白又熱，樹木正處於最濃密的全盛期，灌木及森林都添滿了樹葉，染深了顏色，陽光灑在橫踞其間的修整過的草原上，這光輝與樹林的綠葉呈鮮明對比。

施洗約翰節前夕，亞黛兒由於大半個白天都在乾草小道上採摘野草莓，早已累得睡白日覺了。我看著她入睡，離開她之後，便尋著花園走去。

這是一天二十四小時中最美的時辰，「白日燒盡熊熊烈燄」，熱得冒煙的平原及曬焦了的山巔上，降下了涼涼的晚露。太陽以樸實的姿態西落－沒有雲彩的壯麗誇飾，那地方，散布著一片莊嚴的紫紅，攙雜紅寶石般、爐火般的光輝，在山頂的某一點上燃燒著，並且高高遠遠地鋪展出去，越來越柔和，覆蓋了半邊天。東方也有著它自己的魅力，美麗而深邃的藍，以及它獨有的那顆高貴的寶石──一顆正在升起的孤星；它很快就可以誇耀它的月亮了，不過它此時還在地平線以下。

第二十三章

我在鋪道上走了一會兒，可是卻有一縷淡淡的、熟悉的香味——雪茄的香味——從某扇窗子裏偷偷洩漏出來。我看到書房的門式窗開了一手的寬度，我知道或許有人從那裏面窺視我，於是我就走開，進到果園內。整個宅邸庭園中再沒有比這兒更隱蔽，更像伊甸園的地方了，這果園的一面以一堵極高的牆和中庭相隔，另一面則有著山毛櫸林蔭道，屏障著其外的草坪。果園的盡頭是一道坍倒的圍籬，這是與孤寂田野的唯一分界。有條蜿蜒的走道通向那圍籬，走道兩旁是月桂樹，盡頭是一棵大栗樹，樹根部環繞著一圈座椅。在這裏漫步不會被看見。這甘露滴落，這萬籟俱寂，這薄暮瀰漫之際，我感到好似可以永遠在此樹蔭下長駐不去。但是，當初升的月光灑落在園中較開闊的一方場地上，誘引著我踏上那地方較高處的花果園圃時，我的腳步就留在那兒了——不是被聲音留住的，也不是被景象留住，而是那再次出現的令人警覺的香味。

多花薔薇及青蒿、茉莉花、石竹花以及玫瑰花已經散發了很久的香味，作為它們傍晚時分的獻供；而這個新的香味既非木也非花，它是——我很熟悉——它是羅徹斯特先生的雪茄味。我環顧四周，留神傾聽。我看到結滿了成熟果實的樹木，我聽到半哩外某棵樹上有隻夜鶯在鳴囀，然而並沒有看到任何移動的身影，也沒有聽到前來的腳步聲；但那

香味越來越濃——我得快逃。我走向一個通向那灌木叢的邊門，恰好看到羅徹斯特先生走進來。我閃進旁邊一個常春藤的凹處。他不會待太久的，他很快就會回去，我如果坐著不動，他絕不會看到我。

但是事與願違——黃昏日暮對他而言有如對我一樣可愛，而這古色古香的花園對他而言也是如對我一樣地迷人。他繼續散步而來，一會兒抬起醋栗樹枝觀看大如李子般的纍纍果實，一會兒從牆上摘下一個熟櫻桃，一會兒俯身於一簇花團上，或呼吸著它們的幽香，或欣賞花瓣上的露珠。一隻大蛾振翼飛過我身邊，停落在羅徹斯特先生腳邊的一棵植物上，他看到它，便彎身下來仔細端詳。

「現在他背向著我，」我心想，「而且他正專心著，也許，如果我輕輕地走，就可以不被發現地溜開。」

我沿著路邊的鋪草上走，以免路面碎石的劈啪聲洩漏了我的意圖。他正站在許多花壇當中，離我必須通過的地方約有一兩碼遠，那隻蛾看來是吸引住他了。「我可以過得去。」我盤算著。他的身影被尚未高升的月亮照長了，橫越過整個花園，我跨過他的身影時，他突然輕聲說話，連轉個身子都沒有。

「簡，過來看看這傢伙。」

我並未發出聲響，他背後也沒長眼睛——難道是

他的影子有感覺？我先是嚇一跳，然後走向他。

「看牠的翅膀，」他說，「牠讓我回想起一種西印度的昆蟲，在英國很少見到這麼大又鮮豔的夜行者，妳看！牠飛走了。」

那隻蛾從容地飛走。我也怯生生地離開，但羅徹斯特先生跟在我後面，當我們走到那邊門的時候，他說：

「回來吧！這麼一個可愛的傍晚留在房門內太可惜了，而且我相信沒有人會願意在這日落月升的交接時刻睡覺的。」

我總有個毛病，雖然有時我的口舌便給，對答無礙，但卻也有些時候叫人悲哀地編不出一個藉口來，而且這總發生在緊要關口，當我特別需要巧妙辭令或不留破綻的藉口，來擺脫令人苦惱的窘境時。此時我並不想和羅徹斯特先生單獨在這幽暗的果園中走著，但我又找不出理由來作為離開他的託言。我以落後的腳步跟著他，腦子忙著尋找脫身的辦法，但他卻看起來如此鎮定，如此威嚴，使我不禁慚愧自己怎麼會起著這些迷惘感覺。心魔——如果說當時存在著或即將會有心魔的話——似乎只附身於我，他的心靈並沒有意識到它，而是寧靜的。

「簡，」當我們走進那條月桂小徑，緩緩漫步走向坍塌的圍籬及栗樹時，他又開始說話：「荊原莊在夏季是個十分舒適的地方，對不？」

「是的，先生。」

「妳想必已經對這宅院產生某種程度的歸屬感了吧！妳是個對自然美景有鑑賞力，而且相當容易產生眷戀之情的人。」

「我的確對它很有歸屬感。」

「而雖然我並不太了解，我卻感覺得出妳對亞黛兒那傻丫頭也產生某種程度的關懷，甚至對單純的菲爾法斯太太也一樣？」

「是的，先生，我對她們有著不同形式的情感。」

「而對於離開她們會感到十分不捨？」

「是的。」

「可憐！」他說，嘆一口氣並停了停。

「人生的事情總是這樣，」他立刻又接著說，「妳才剛在一個舒適的歇腳處安頓下來，就立刻有一個聲音喚妳起來，要妳再往前走，因為休息時間已經結束了。」

「我一定得再往前走嗎，先生？」我問。「我一定得離開荊原莊嗎？」

「我相信妳一定得如此，簡。我很抱歉，簡妮特，但我真的相信妳一定得離開。」

這對我是一個重擊，但我並沒有讓它擊垮我。

「那麼，先生，當前進的命令來到時，我必定會準備就緒。」

「這命令現在已來到——我必須在今晚下達。」

「這麼說您是要結婚了嗎，先生？」

「沒──錯，一──點──都──沒──錯！以妳向來具有的敏銳，妳一下就說中了。」

「很快嗎，先生？」

「很快的，我的──我是說愛小姐。妳一定還記得，簡，當我或者是謠傳第一次把我的意圖明白揭示於妳的時候，也就是當我表明要結束單身漢的日子、開始神聖的婚姻生活、把英格朗小姐抱在懷中（那真是大大的一抱啊，但這不是我要說的，像我美麗的白蘭琪那樣的女人實在是不可多得）時，嗯哼，在我當時那麼說的時候──聽我說話，簡！妳該不是回頭尋找其他的飛蛾吧？那只是一隻瓢蟲，孩子，『正在飛回家去』。我想提醒妳，是妳首先告訴我，如果我和英格朗小姐結婚，妳和小亞黛兒就得趕快離開的，語中帶著我所尊敬的妳的謹慎，以及適合妳那基於受雇人地位的負責任的遠見、慎重及謙遜。我且不去計較妳這建議中所暗示對我愛人人格的詆毀；真的，當妳離我遠去的時候，簡妮特，我會盡量忘記這暗示，我會只注意到這建議中包含的智慧，而這智慧也就是我現在的行動準則。亞黛兒必須上學校去，妳呢，愛小姐，則得另外謀職。」

「好的，先生，我會立刻去登廣告；在同時，我想──」我本要說，「我想我可以留在這裏，一直

到我找到另一個棲身之所吧。」然而我停了下來，覺得不該冒險說那麼長的句子，因為我的聲音已經不太接受指揮了。

「我希望再過一個月就能當新郎，」羅徹斯特先生接著說，「在這個期間，我自己將會為妳找到一個職位，以及收容妳的地方。」

「謝謝你，先生，很抱歉讓你一」

「噢，不需要抱歉！我認為當一個雇員做事做得像妳一樣好的時候，她有權讓她的雇主幫她一點不太麻煩的小忙。真的，我透過未來的岳母，已經打聽到一個我認為很適合妳的職務；也就是負責教育住在愛爾蘭康諾德地區山胡桃莊的戴奧尼修斯·歐蓋爾太太的五個女兒。我想，妳會喜歡愛爾蘭的，我聽說那裏的人都十分親切。」

「那裏好遠，先生。」

「沒關係，像妳這麼理智的女孩子，該不會反對旅行或到遠地去吧。」

「我並不反對旅行，卻不想到遠地去，況且又有大海阻隔著──」

「阻隔著什麼，簡？」

「阻隔了英格蘭及荊原莊，還有──」

「嗯？」

「還阻隔了您，先生。」

我這句話幾乎是脫口而出，而同樣不由自主地，

我的眼淚也奪眶而出。但我並沒有哭出聲而讓人聽到，我強忍著啜泣。一想到歐蓋爾太太和山胡桃莊就令我心寒，更加令我感到寒心的，是想到那洶湧起伏的海水和泡沫，它們似乎註定要翻湧在我和此刻相伴而行的主人之間；而最最讓我寒心的，是想起有一片猶更浩瀚的海洋──財富、地位和風俗──阻隔在我和我自然而然、不可避免會愛上的人之間。

「那裏好遠。」我又說了一遍。

「確實是很遠，而當妳抵達愛爾蘭康諾德地區的山胡桃莊之後，我就再也不能見到妳了，簡，這是確實肯定的。我從不去愛爾蘭，我對那個國家沒什麼憧憬。我們一直是好朋友，簡，是吧？」

「是的，先生。」

「當朋友們即將分手時，總喜歡利用剩餘的時間多多親近。來！趁著那邊天上的星星逐漸亮起的時候，我們靜靜地談旅行和別離吧，談個半小時左右。這裏有著一棵栗樹，還有著它老根旁的座椅。來，雖然我們註定永不該一塊兒坐在這裏，我們今晚還是在此平靜地坐下吧。」

他讓我坐下，自己也坐了下來。

「愛爾蘭離此很遠，簡妮特，送我的小朋友去做這樣疲勞的旅行，我感到很抱歉，但是如果我沒辦法做得更好了，又能怎麼辦呢？妳是不是覺得和我

有點相似呢，簡？」

我這次不敢再冒險做任何回答了，我的心情木然。

「因為，」他說，「我對妳時常有種奇怪的感覺——尤其是當妳靠近我身邊的時候，就像現在。就好像在我的左肋骨下的某處有根弦，與妳那小小的身軀裏相對位置上的那根相似的弦，緊緊地、解不開地繫在一起。如果那波濤洶湧的海峽，與那兩百來哩的陸地，把我們遠遠地分開，我恐怕那條相繫的心弦會繃斷，然後，我有個緊張的想法，生怕到時候我會在心裏頭淌著血。至於妳——妳會忘了我。」

「我永遠也不會，先生，你知道——」再也說不下去了。

「簡，妳有沒有聽到那林中的夜鶯在歌唱？聽！」

我一面聽，一面抽抽噎噎地哭了起來；我再也壓抑不住我強忍住的東西了。我不得不屈服，從頭到腳都因尖銳的痛苦而晃動著。等我能開口說話時，我只說出我的一個強烈的願望：但願我從未來到這個世上，或者但願我從未來到荊原莊。

「因為妳不捨得離開它嗎？」

那股強烈的情感，受我心中的悲傷及愛意所攪動，開始要爭取勝利，它掙扎著索求所有勢力，堅持要獲得主宰權，去征服、去生存、去爬升，並在

最後統御，是的——而且還要發言。

「我對離開荊原莊感到悲傷，我愛荊原莊；我愛它，因為我在那裏過了一個豐富而快樂的生活——至少一小陣子。我沒有被踐踏，沒有被僵化，我沒有被愚昧的心靈所埋沒，或被摒除於接觸所有光明、活力、崇高的事物之外。我曾經——面對面地——和我所尊敬的，我所喜歡的人交談：一個有創見，精神蓬勃，見聞廣闊的心靈。我已認識了你，羅徹斯特先生，一想到將要被永遠從你身邊拉走，就叫我感到恐懼而且痛苦。我看見離別的必然性，猶如看見人難免一死的必然性一般。」

「妳從何處看到這個必然呢？」他突然問。

「何處？你啊，先生，你將這個必然呈現在我眼前。」

「它是什麼模樣呢？」

「是英格朗小姐的模樣，一個高貴美女的模樣——你的新娘。」

「我的新娘！什麼新娘？我沒有新娘！」

「你就要有了。」

「是的——我就要有了——我就要有了！」他堅決地說。

「然後我必須離開——這是你自己說過的。」

「不！妳必須留下！我發誓——而且這誓言我絕對遵守。」

「告訴你，我真的必須離開！」我駁斥他，有點被激怒了。「你難道認為我可以留下來成為一個對你來說無足輕重的人嗎？你難道認為我是一部自動機械裝置——一部沒有情感的機器嗎？而且還可以忍受我口邊僅有的一小片麵包被人搶走，杯中僅有的一小滴飲水被人灑光嗎？你難道認為，因為我貧窮、低微、不美、矮小，就沒有靈魂、沒有心嗎？你的認為全錯了！我的靈魂和你一樣充足，我的心和你一樣飽滿！如果上帝賜給我一點美麗，以及足夠的財富，我該當使你難以離開我，有如我現在難以離開你一樣。我現在對你說話，並不是透過風俗、習慣，甚至不是透過凡間的肉體；這是我的心靈在對你的心靈說話，好像我們的心靈都已跨過凡塵，而平等地站在上帝的跟前，因為我們原本就是平等的！」

「因為我們原本就是平等的！」羅徹斯特先生重複地說，「就是平等的，」他補上一句，把我抱住，摟在他的懷中，又把他的嘴唇貼在我的嘴唇上，「就是平等的，簡！」

「是的，是平等的，先生，」我答道，「然而也不平等，因為你是個結婚男人，或者說差不多算是個結婚男人了，而你娶的是一個不如你的人——一個和你不能心靈共鳴的人——一個我相信你不是真的愛的人，因為我曾看見也聽見你對她嗤之以鼻。

我不屑於這樣的一個結合，因此我比你還強，讓我走。」

「走去哪裏，簡？到愛爾蘭？」

「是的，去愛爾蘭。我已經把心裏的話都說出來了，我現在去哪裏都可以了。」

「簡，慢著。不要這麼掙扎，像一隻狂野而瘋亂的鳥，絕望地撕毀了自己美麗的羽毛。」

「我不是鳥，沒有羅網能套住我；我是個有獨立意志的自由人，我現在要行使我的獨立意志來離開你。」

我再努力一下就自由了，而我卻筆直地站在他面前。

「妳的意志將決定妳的命運，」他說，「然而我把我的心、我的手，和我的財產的分享權都獻給妳。」

「你在演滑稽戲，我看了只想嘲笑它。」

「我在請妳把下半輩子拿來在我身邊度過，成為我的第二個自己，成為我最好的人生伴侶。」

「對那個命運來說，你早已經做了決定，而且必須遵守。」

「簡，冷靜一會兒，妳太激動了；我也會冷靜自己。」

一陣風順著月桂小徑吹送過來，顫動著穿過栗樹的粗枝，漫遊著飄走——飄走——飄到那邈遠的

地方，消逝無形。夜鶯的歌聲是此時此刻唯一的聲音，我聽著聽著又哭了起來。羅徹斯特先生端坐著，以溫柔但認真的眼光望著我。過了許久的沉默，他終於開口了：

「靠到我身邊吧，簡，讓我們說明並了解彼此吧！」

「我不會再走近你身邊了，我現在已經被拉開，不能回來了。」

「但是，簡，我是把妳當作我的妻子在召喚妳的，我要娶的人是妳。」

我沉默不語，我認為他在開我玩笑。

「來，簡──過來這裏。」

「你的新娘子擋在我們中間。」

他站起來，跨了一大步到我面前。

「我的新娘在這裏，」他說著，再次把我拉向他，「因為和我相等的人在這裏，她是我的同類。簡，妳願意嫁給我嗎？」

我還是沒有回答，我還是在掙脫他的緊抱，因為我仍然難以置信。

「妳懷疑我嗎，簡？」

「完全懷疑。」

「妳不信任我？」

「一點都不。」

「我在妳眼中是個說謊的人嗎?」他激動地問，

「小懷疑鬼，妳將會相信的。我對英格朗小姐有什麼愛情？什麼都沒有！妳也知道的。她對我又有什麼愛情？也是什麼都沒有！這我已經努力證明過：我散播了個謠言，說我的財產連一般人猜想的三分之一都不到，然後我親自去目睹結果，那結果就是她和她母親的冰冷態度。我不願——我不能——娶英格朗小姐。妳——妳這古靈精怪，妳這幾乎非凡間的東西！我愛妳有如自己身上的肉。妳—儘管妳窮、低微、矮小、不美——我請求妳接受我成為妳的丈夫。」

「什麼，我！」我叫了出來，他的認真——特別是他的不假文飾——開始讓我相信他的真誠，「我這個在世上，如果你是我的朋友的話，再沒有別的朋友，這個除了你給我的錢以外再沒有任何一先令的人？」

「是妳，簡，我必須要把妳據為我的——完全是我的。妳願意成為我的嗎？說願意，快。」

「羅徹斯特先生，讓我仔細看看你的臉，轉向月光。」

「為什麼？」

「因為我要觀察你的神情，轉吧！」

「哪！妳會發現它一點都不比一張揉縐的、隨手塗鴉的紙還容易看懂。」

他的臉非常激動而且非常通紅，面容上透著強烈的情緒起伏，眼睛裏閃著奇異的光輝。

「噢，簡，妳在折磨我！」他大呼，「妳用那搜尋審視卻猶仍忠誠寬厚的表情，在折磨我！」

「我怎麼能折磨你呢？如果你是真心的，你的求婚是實在的，那麼我對你的感情就必定會是感激與奉獻──這是不會折磨人的。」

「感激！」他叫了起來，並且發狂似地接著說：「簡，快點接納我。說，愛德華──說出我的名字──愛德華──我願意和你結婚。」

「你是真心誠意的嗎？你確實愛我嗎？你衷心希望我成為你的妻子嗎？」

「我是真心誠意的，如果必須發誓才能令妳滿意，我就發誓。」

「那麼，先生，我嫁給你。」

「叫愛德華──我的小妻子！」

「親愛的愛德華。」

「到我這裏來──妳整個人都快到我這裏來，」他說，然後他將面頰貼在我的面頰上，以他最低沉的聲調在我耳邊接著說：「帶給我幸福──我也會帶給妳幸福。」

不久，「上帝饒恕我！」他繼續說，「別讓任何人來干涉我，我得到了她，我要保住她。」

「沒有人會來干涉的，先生，我沒有親戚可以來插手。」

「沒有──那最好了。」他說。如果不是因為我

愛他如此之深，我會認為他那狂喜的語調和神情過於野蠻，但此刻的我坐在他的身邊，從離別的夢魘中醒來——被召喚到婚姻的仙境裏——以至於此時只想得到自己被慷慨賜飲的這股幸福之泉。他一次又一次地問，「妳感到幸福嗎，簡？」一次又一次我答：「是的。」隨後他低聲地說，「這會獲得救贖的——會獲得救贖的。我不是看到她沒有朋友、冰冷寂涼、缺乏安慰嗎？我不是將要保護、珍惜、安慰她嗎？這在上帝的審判中是足以贖罪的。我知道我的造物主許可我這麼做。對於世間的批判——我可以從此充耳不聞，對於人們的意見——我將昂然反抗。」

然而那個夜晚究竟遭到了什麼天譴呢？月亮都還沒落下，周遭就已經一片黑暗了；我雖然和主人靠得那麼近，卻幾乎看不到他的臉。還有，那棵栗樹為何那麼痛苦呢？當疾風在月桂小徑上怒號，從我們身上呼嘯而過時，它扭動著，呻吟著。

「我們得進房子裏去，」羅徹斯特先生說，「天氣變了。要不然我可以和妳坐談到天明，簡。」

「我也可以，」我想，「與你坐談到天明。」或許我該當把它說出來，但一道青光從我正注視的一片雲朵中躍了出來，接著就聽到先是破裂聲，然後爆震聲，最後則是一陣很緊近的隆隆雷聲，我只想著要把自己被閃電照得眼花撩亂的眼睛，躲到羅徹斯

特先生的肩膀裏。

滂沱大雨傾盆而下。他催促我走過小徑,越過庭園,進到房子裏面,但是還沒跨過門檻,我們就已經濕透了。他在大廳把我的披肩卸下,抖去我蓬散的頭髮的水,這時菲爾法斯太太正好從她的房間走出來,我一開始並沒有看到她,羅徹斯特先生也沒有。燈是點著的,時鐘正敲著十二響。

「快脫掉妳的濕衣服,」他說,「在妳走以前,晚安──晚安,我親愛的。」

他一次又一次地親吻我。在我離開他的懷抱而抬頭往上看時,我看到了那寡婦,臉色蒼白、凝重而且驚訝。我只是對她笑笑,便跑上樓。「再找時間解釋吧,」我想。然而,當我跑到我的臥室,想到她對她所看到的景象會產生短暫的誤解時,卻感到一陣心痛。但是快樂很快就抹殺其他所有感覺;即使風吹得那麼大聲,雷打得那麼近,那麼沉重,閃電那麼猛烈而頻繁,大雨在兩小時的暴風雨中下得宛如瀑布,我全然不感到恐懼,只有微乎其微的驚懼。暴風雨中,羅徹斯特先生到我門前探望了三次,問我是否安全,是否平靜;這就是安慰,是面對所有事情的力量。

我早上起床之前,小亞黛兒跑進來告訴我,果園盡頭那棵栗樹昨晚被閃電打中,劈去了一半。

第三十五章

隔天他並沒有像他說的那樣去劍橋。他把出門的日子延了整整一星期，在這期間，他讓我感受到一個善良卻嚴苛、正直卻難以和解的人能給予冒犯他們的人多麼嚴厲的懲治。沒有一個明白的仇視舉動，沒有一句譴責的話，他卻能讓我時時刻刻覺得自己被排除到他的寵愛範圍之外。

並不是說聖約翰懷著非基督徒的復仇心——也不是說如果有權力的話，他會傷害我一根毫毛。不管是從天性上或原則上來說，他都不至於在復仇上尋求卑鄙的快慰。他原諒我說我唾棄他和他的愛情，但是他並沒有忘記那些話，而且只要他和我還活著，他就永遠也忘不掉。他轉過臉來面對我的時候，我可以從他的表情上見到，這幾句話總是寫在我和他之間的空氣中，只要我說話，從他耳裏聽來，我的聲音裏總有那幾句話在發響，而他的每一個回答裏，也總蘊涵著它們的回音。

他並沒有避免跟我談話，他甚至照例在早晨叫我去他書桌前念書；然而我恐怕他體內那個邪惡的人，有種娛樂，沒讓那位純潔的基督徒知道並分享，那就是，一方面在外表上一如從前地行動和說話，一方面卻以一種技巧，從每一件事、每一句話裏頭抽掉了關注與認同的心意，在以前，這心意曾經讓他的言談舉止蒙上某種嚴肅的魅力。對我來說，他實際上已不再是個肉身，而是尊大理石；他

的眼睛是冰冷透明的藍寶石；他的舌頭只是個說話的工具——再沒別的了。

這一切對我真是折磨——一種精鍊過的、凌遲的折磨。它維持著一把低緩的憤慨之火，和一陣顫抖的悲傷的苦惱，困擾著我，同時也壓垮了我。現在我覺得，要是我是他的妻子，這位好人，這位純淨得有如某股不見陽光的深泉般的男人，可能很快地就能置我於死地，不必從我血管裏抽走一滴血，而且也不會在他水晶般的良心上，染上最淺的一個犯罪的斑點。尤其是在我做任何想與他和解的嘗試時，最能感受到這點。我的心軟讓步，沒有得到他的心軟讓步。他沒有體會到疏遠的折磨——也不渴望和解；而且，我不只一次淚珠像斷線般落下，把我們倆一起埋頭研讀的書頁浸得起了水泡，這也無法對他造成什麼影響，好像他的心腸真是鐵石做的一般。這同時，他對他的妹妹們，卻比以往更親切些，好像害怕光是冷淡不足以使我相信我是多麼完全地被他摒棄、被他拒斥，他加強了對比的力量；我確定他這麼做不是出於惡意，而是出於原則。

他出門的前一晚，我碰巧見到他在日落時分，獨自在花園裏散步，我看著他，想起了這個男人儘管現在如此疏遠，卻曾經救過我的命；想起了我們甚至還是近親，於是我感動得做了最後一次嘗試，想挽回他的友誼。我走出去，走向他，他正靠著小門

站著，我立刻開門見山地說：

「聖約翰，我不快樂，因為你還在生我的氣。我們做朋友吧。」

「我希望我們是朋友。」是那未受感動的回答，他繼續看著冉冉上升的月亮，從我剛剛走過來時，他就一直在看月亮。

「不，聖約翰，我們已不是像以前一樣的朋友了，你知道的。」

「不是嗎？錯了。就我這方來說，我但願妳無恙、一切順利。」

「我相信你，聖約翰；因為我知道你不會希望任何人不好，但是，既然我是你的血親，我就渴望得到稍微多一點的感情，而不只是你散布給僅僅是陌生人的那種一般性的博愛。」

「當然，」他說，「妳的願望是合理的，我也遠遠沒有把妳當作陌生人。」

這句話是用冷淡而平靜的語調說出來的，相當令人氣結、令人沮喪。我若是聽從自尊心與憤怒的慫恿，早就立刻掉頭離開了；但是我體內卻有著什麼在活動，比這些情緒更強烈。我深深景仰我表哥的才華和道德。他的友誼對我來說是寶貴的，失去它，會讓我非常痛苦。我不會這麼早就放棄挽回友誼的嘗試。

「我們非得這樣子分開嗎，聖約翰？你去印度的

時候，也要這樣子離開我嗎，不說一句較親切一點的話嗎？」

他現在完全轉過來，不看月亮而看我了。

「我去印度，簡，會離開妳嗎？什麼！妳不去印度嗎？」

「你說我如果不嫁給妳，就不能去。」

「而妳不願意嫁給我！妳還是堅持那決定？」

讀者，你可像我一樣知道，那些冷酷的人在質問時的冰霜嚴寒中，能放進什麼樣的恐怖？可知道在他們的怒氣之中，落下了多少雪崩？可知道在他們的不悅之中，有多少冰海在破裂？

「不，聖約翰，我不嫁給你。我堅持我的決定。」

這塊崩雪搖撼了一下，向前滑出了一些，然而還沒有完全崩塌。

「再問一次，為什麼拒絕？」他問。

「以前，」我答道，「是因為你不愛我。現在我要回答，是因為你幾乎在恨我。如果我真的嫁給你，你會殺死我的。你現在就在殺死我了。」

他的嘴唇和臉頰霎時轉白——非常慘白。

「我會殺死妳——我現在在殺死妳？妳用的是些不應該使用的字眼啊：這麼猛烈，不像女人，而且還不真實。它們透露出令人遺憾的心理狀態，應該受到嚴厲的斥責，而且幾乎是不可原諒的；不過人有義務原諒他的同類，哪怕是到第七十七次。」

我現在把一切都搞砸了。原是想將我前一次冒犯所蝕刻在他心上的痕跡抹去，卻又在那個附著力極強的表面上，印下了另一個更深的痕跡，我把它烙印進去了。

　　「現在你真的會恨我了，」我說，「想跟你和好是沒有用的，我看得出來，我已經成了你永遠的仇人了。」

　　這幾句話又再傷了他，而且傷得更重，因為它們說出了事實。那全無血色的嘴唇痙攣了一下。我知道自己磨利了他刀劍般的憤怒。我難過得內心絞痛。

　　「妳全然誤解了我的話，」我說，抓住他的手，「我沒有意思要讓你傷心或痛苦——真的，我沒有那意思。」

　　他極其苦澀地笑了一下——極其毅然決然地把手從我手中抽回去。「那麼，我想妳現在收回妳的承諾，不跟我去印度了吧？」他停了許久之後說。

　　「會的，我會去，當你的助手。」我答道。

　　經過了一段很長的沉默。在這段期間內，他體內的人性和神性在做什麼樣的爭戰，我不知道；只有幾點微光閃過他的眼睛，以及幾陣奇怪的陰影掠過他的臉。最後他說話了。

　　「我先前就向妳證明過，一個妳這樣年紀的單身女人，提議要陪我這樣一個單身漢出國，是很荒謬

的。我已經用我認為足以防止妳再次提起這計畫的詞眼來證明過，妳卻又再提起，我真是遺憾——替妳感到遺憾。」

我打斷他。任何像是具體譴責的話，就可以立刻給予我勇氣。「要講道理啊，聖約翰！你這豈不是快變成胡說八道了？你假裝被我的話驚到，其實並沒有真的吃驚；因為，以你那卓越的心智，不至於這麼愚鈍，或者獨斷到誤會我的意思。我再說一遍，我願意當你的副牧師，如果你願意的話，但卻絕不做你的妻子。」

他再一次變得跟鉛一樣死白，不過，就跟先前一樣，他還是完美地控制住激動。他強調但冷靜地回答道：

「一個女的副牧師，不是我的妻子，永遠不適合我。那麼，看來妳是不可能跟我一起去了；不過如果妳對妳的提議是真心誠意的話，我會在我到城裏去的時候，向一位已婚的牧師說，他的妻子需要助手。妳自己的財產可以讓妳不需要受教會的救濟，這樣的話，妳就可免於因為違背承諾、毀棄約定加入團體的恥辱。」

讀者知道，我從沒有許下任何正式的承諾，或者訂下任何約定，這些話，在這樣的情況下，實在太嚴苛了，而且也太專斷了。我回答道：

「這件事情，沒有什麼恥辱，沒有什麼違背承

諾，也沒有什麼毀約可言。我沒有絲毫義務要去印度，尤其是跟陌生人去。跟你，我願意冒很多險，因為我敬仰你、信任你，且以妹妹的身分愛你；然而我也深信，不管是什麼時候去，跟誰去，我都無法在那種氣候下活很久。」

「啊！妳這是在害怕妳自己。」他說，噘起嘴唇。

「我是。上帝給我生命並不是要我把它浪費掉的；而我開始認為，去做你要我做的事，幾乎等於是在自殺。此外，在我明確地決定要離開英國之前，我要確定一下，是否我留下來真的無法比離開它還有用處。」

「妳指的是什麼？」

「解釋是徒然無益的，但是有件事，我長期忍受著困惑之苦，我得想辦法把這困惑解除掉，否則我哪裏都不能去。」

「我知道妳的心向著何處，繫在什麼之上了。妳所懷抱的關注，是不合法的、不聖潔的。早該把它壓熄，現在妳應該羞於提起它才對。妳想到了羅徹斯特先生吧？」

這是事實。我默認。

「妳打算去找羅徹斯特先生嗎？」

「我必須查清楚他現在怎樣了。」

「那麼，在我這方，」他說，「只能記得為妳祈禱了，為妳全心全意祈求上帝，別讓妳真的變成了

迷途羔羊。我本以為我發現妳是上帝的一個選民。不過上帝所見是不同於凡人之所見的，祂終究會明察秋毫。」

他打開門，走出去，沿著山谷漫步下去，一會兒就失去了蹤影。

回到客廳裏，我發現黛安娜站在窗口，看起來十分關切。她比我高很多，所以她把手放在我的肩膀上，低下頭，端詳我的臉。

「簡，」她說，「妳最近老是心情激動，臉色蒼白，我相信一定有事。告訴我，聖約翰和妳究竟在幹什麼大事。這半個鐘頭內，我一直從窗口看著你們；妳得原諒我做這種窺察，只是我好久以來不停在胡思亂想一些我幾乎是茫然不知的事。聖約翰是個奇怪的傢伙──」

她停了一下──我沒有說話，她很快就繼續說下去──

「我確定我這位哥哥，對妳有著某種特別的看法；他早已經對妳表現出格外的注意和關心了，這是他從來沒有對其他人表現過的──為什麼呢？我但願是他愛妳──是這樣嗎，簡？」

我把她冰涼的手放到我發燙的額頭上，「不，黛，一點都不愛。」

「那麼為什麼他的目光總是追隨著妳，而且如此頻繁地要妳跟他單獨在一起，還要妳時時刻刻待在他

身邊呢？瑪麗和我都斷定，他希望妳嫁給他。」

「他的確希望——他要我當他的妻子。」

黛安娜拍起手來。「那就是我們所希望且想到的！而妳會嫁給他的，簡，對不？然後他就會留在英國了。」

「差得遠了，黛安娜；他求婚的唯一用意，只是想為他的印度苦行中找個適當的勞動夥伴罷了。」

「什麼！他要妳跟他一起去印度？」

「對。」

「真是瘋狂！」她叫道，「我確定妳在那裏必定活不到三個月。妳絕對不該去，妳沒有同意吧，有沒有，簡？」

「我拒絕嫁給他——」

「因此惹他不高興了？」她試探性地說。

「很不高興，我恐怕他永遠都不會原諒我了；不過我提出要以妹妹的身分陪他去。」

「那真是愚蠢得緊，簡。考慮一下妳接下的工作吧——一份疲累永無止境的工作，那種疲累，甚至連強壯的人都能累死，而妳又是這麼瘦弱。聖約翰——妳知道他——會逼著妳做不可能做到的事，跟他在一起，再熱的天氣也不准休息；而且不幸的是，我已經注意到，不管他強迫妳做什麼，妳都會逼自己去達成。我很訝異妳竟然有勇氣拒絕他的求婚。那麼妳是不愛他的嘍，簡？」

「不是像愛丈夫那樣愛。」

「不過他倒是個英俊的傢伙。」

「而我，妳看，黛，是如此相貌平凡。我們永遠也不相配。」

「平凡！妳？一點都不。妳太漂亮了，也太善良了，不該在加爾各答受炎陽煎熬。」然後她又再勸我打消所有跟她哥哥一起去的念頭。

「我的確得放棄，」我說，「因為，我剛才又再提了一次，說要當他的牧師助理，他卻表示他對我的不莊重感到十分訝異。他好像認為我提出不結婚跟他去，是一種行為不檢；好像以為我沒有一開始就把他當作哥哥，而至今還一直這麼看待他似的。」

「妳為什麼覺得他不愛妳，簡？」

「妳得聽聽他自己在這件事上是怎麼說的。他一再一再地解釋說，他想結婚，不是為了他自己，而是為了他的職務。他還說我是為勞動而造出來的──不是為愛情；這是事實，毫無疑問。而我的看法是，如果我不是為了愛情造出來的，那麼我也不會是為了婚姻而造出來的。難道說，黛，一輩子跟一個只把妳當作有用工具的人銬在一起，不奇怪嗎？」

「那是無法忍受的─不合乎自然──簡直荒謬！」

「而且，」我繼續說，「儘管我現在對他只有妹妹般的感情，然而如果被迫做了他的妻子，我可以

想見自己有可能會對他產生出一種不可避免的、怪異的、苦不堪言的愛情來，因為他是如此有才氣，而且在他的表情、舉止和言談間，常常有著一股英雄般的宏偉氣概。若是那樣，我的命運就會變成無可名狀的悲慘。他不會想要我愛他的，如果我表現出那種感情，他就會讓我感覺到那是多餘的，在他是不需要的東西，在我是不體面的表現。我知道他會這樣。」

「不過聖約翰是個善良的人。」黛安娜說。

「他是個善良而且偉大的人；不過他在追求他自己的大目標時，無情地忘了小人物的感情與權利。因此，這些微不足道的人，最好離他遠一點，否則在他前進的腳步中，是會踩死他們的。他來了！我要走了，黛安娜。」我看見他走進花園，便急急上樓去了。

可是在吃晚飯的時候，我卻不得不面對他。整頓飯，他表現得一如往常地鎮靜。我本以為他不太會跟我說話，還確信他必定已經放棄了他的結婚計畫；然而結果卻顯示，我在這兩點都錯了。他精準無誤地以他平常的態度跟我說話，或者該說是最近才形成的慣常態度——一種規規矩矩的禮貌。他無疑已經求諸聖靈的幫助，平息了我在他身上撩起的怒火，而且相信自己現在已經再次原諒了我。

在晚禱前的閱讀經文當中，他選了《啟示錄》第

二十一章來念。聽著經文從他的嘴裏吐出，向來都是件愉快的事，在他傳送著上帝的神諭時，他那好聽的聲音比任何時候都要圓潤渾厚，他的儀態變得高貴純潔、令人動容。今天晚上，那聲音卻採用了較為莊嚴的語調，那儀態帶著較令人戰慄的意義，他坐在他家人圍成的圓圈中間（五月月光從沒有窗簾遮蔽的窗戶照進來，使得桌上那根蠟燭的光芒幾乎顯得多餘）；他坐在那兒，俯在那本老舊的大聖經之上，就著它的書頁，敘述新創天地的景象──告訴我們，上帝將會如何地來與人類同住，如何擦去他們眼裏的淚水，承諾他們再也不會有死亡，不會有悲傷或哭泣，也不會再有任何苦痛，因為先前的一切都過去了。

後面的文字，在他把它們念出來的時候，我很奇怪地起了一陣寒顫；尤其是，隨著聲調中些微的、難以言喻的改變，我感覺到他一邊念著，眼睛一邊轉到我身上。

「克服的人，將承繼一切，我將是他的神，而他將是我的子。然而，」他慢慢地、清晰地念出來，「那些畏懼的、不信的……將淪落火與硫磺燃燒之湖，這是第二次的死。」

從這時起，我才知道聖約翰為我害怕的，是什麼樣的命運。

一種平靜的、抑制的勝利，夾雜著一種渴望的

熱切，在他闡明那章最後幾節壯麗文字時，顯示出來。這位宣讀的人相信自己的名字已經寫在羔羊的永生名冊上了，而且渴望著得以進入那城市的時刻到來，在那城市裏，塵世君王們帶著自己的榮耀來歸順，在那城市裏，不需要太陽和月亮的照耀，因為上帝的光輝會照亮它，而羔羊也是其中的明燈。

　　這章之後的禱告，他把全副精神集中起來——把所有肅穆的赤忱都喚醒；他以深切的誠懇，竭力祈求上帝，下決心要征服。他為心靈軟弱的人祈求力量，為走出畜欄的迷途羔羊祈求導引，為受到塵世和肉體誘惑而離開窄路的人，祈求讓他們甚至在最後一刻，也要知道回頭。他要求、促請、堅請神降下恩賜，搶救烙鐵免於燒炙。再也沒有聽過這麼深切、這麼聖嚴的摯忱了。我聽著這禱告，一開始是對他的誠摯感到驚異，然後，隨著它的持續與揚升，我被它感動，最後，對它感到敬畏。他如此炙熱地覺得他的目標是偉大的、美善的，其他人聽見他這樣的祈禱，絕對也會感同身受。

　　禱告完畢，我們向他告別，他隔天一大早就會出發。黛安娜和瑪麗親吻了他之後，離開房間——我想是聽從他低聲說的一個暗示而離開的吧；於是我向他伸出手，祝他有個愉快的旅程。

　　「謝謝妳，簡。我說過，兩個禮拜後我會從劍橋回來，這段時間，就留給妳做省思吧。如果我聽從

我凡人的驕傲，絕不會再提出要妳嫁給我的事，然而我聽從了我的義務，堅定地望著我的首要目標——為上帝的榮耀做一切事情。我的主受著長期艱苦，我也將要這樣。我不能像個憤怒的凡人一樣，放棄妳，任妳墮入地獄，所以，悔過吧，下決心吧，趁還來得及。要記得，我們是受命要在白日裏工作的——我們受著警告：『當夜晚來臨，沒有人能工作。』要記得那位在現世中有著好東西的財主戴維斯的命運。上帝賜妳力量選擇妳身上奪不走的善的那部分。」

他把手放在我頭上，說出最後這幾句話。他說得很誠懇、很溫和。然而他的表情卻真的不是屬於愛人望著情人的那種，而是像牧師在喚回自己的迷途羔羊那樣——或者更該說，是守護神望著自己有責任保護的靈魂那樣。所有有才華的人，不管是有感情的人還是沒有感情的人，不管是狂熱者還是有不凡抱負的人，還是專制暴君——只要他們是誠摯的——都會有他們莊嚴的時刻，而能征服、統治。我感到自己崇拜聖約翰——這崇拜如此強烈，以至於它的衝勁立刻把我推到我長久以來一直迴避的那一點上。我被引得想與他停止爭鬥——想一頭栽進他意志的洪流中，流進他生活的深淵裏，並在那裏失去了我自己的意志。現在我受到他的進攻，幾乎跟我以前受到另一人，用另一種方式的進攻，一樣猛烈。兩次，我

都跟個傻瓜一樣。那時候若是讓步，就是道德上的錯誤；這時候若是讓步，就是判斷上的錯誤。這是我在後來，通過時間這安靜的媒介，回顧這次危機時，才這麼想的；然而在這當下，我卻是完全沒有意識到自己的愚蠢。

在我的導師的撫觸之下，我無法動彈地站著。我的拒絕被遺忘了─我的恐懼被征服了──我的掙扎都癱瘓了。那不可能的事─嫁給聖約翰─突然間變得可能了。一切都瞬時改變。信仰在召喚──天使在招手──上帝在頒令──生命像個卷軸一樣全部捲了起來──死亡的大門打開，現出它之上的永生；似乎，為了那裏的安全和喜樂，這裏的一切都可能會在一秒之間全部犧牲。這幽暗的房間裏，充滿了幻象。

「妳現在能夠做決定了嗎？」這位神差問道。這問題是以溫柔的語調說出來的，他同樣溫柔地把我拉向他。噢，那溫柔！它比起強迫，多麼更具威力啊！我可以反抗聖約翰的憤怒，然而在他的仁慈之下，我變得跟蘆葦一樣柔順。不過，我還一直很清楚，如果我此刻讓步，終究會在某天，被逼得懺悔我先前的反抗。他的本性，不會因為一個小時莊嚴的禱告而改變，只是被提升了些罷了。

「只要我能確定，我就能決定，」我回答。「只要我能相信上帝的意旨是要我嫁給你，我此時此地

就可以立誓嫁給你——不管以後會如何！」

「神聽見我的祈禱了！」聖約翰突然喊出。他把手緊緊地按在我頭上，好像他在認領我一樣；還把我摟住，幾乎好像他愛我一樣（我說幾乎，是因為我知道其中的差別——我感受過被愛時的摟抱；可是，跟他一樣，我現在已經把愛情丟到考慮範圍之外了，只想到責任）。我竭力要看清內心那模糊的景象，它之前有雲霧在翻滾。我誠摯地、深切地、熱烈地渴望做正確的事，而且只做正確的事。「指引我，指引我道路！」我向上天懇求。那時的我，激動得非比尋常；至於後來發生的事，是否是激動所造成的影響，就由讀者去評判了。

整棟宅子寂靜無聲，我相信除了聖約翰和我，大家都已經回房就寢。唯一的那根蠟燭逐漸熄滅，房間裏充滿了月光。我的心急促地跳著、響著，我聽見它的顫動。突然間，它停止了跳動，因為有種無法言喻的感覺震撼了它，並立刻通過我全身上下，直達末端。那感覺不像是電擊，卻幾乎同樣尖銳、同樣奇異、同樣讓人驚愕；它在我感官上產生作用，好像在此之前它們都只是蟄伏著，現在才被它召喚、被它逼得醒了過來。它們若有所期地甦醒，眼睛和耳朵等待著，血肉在骨頭上顫抖。

「妳聽見什麼了？妳看見什麼了？」聖約翰問。我什麼都沒看見，但是卻聽見有個聲音在某處喊

著——

「簡！簡！簡！」——就這樣。

「噢上帝！那是什麼？」我呼吸急促地說。

我也許該問「它在哪裏？」，因為那聲音不像是在房間裏，不像是在房子裏，也不像是在花園裏；它並不是從空氣中傳來，不是從地底下傳來，也不是從頭頂上傳來。我聽見它——然而在哪裏聽見，或者從哪裏聽見，則永遠也不可能知道！那是人類的聲音——一個熟悉的、我心愛的、深深記憶著的聲音—愛德華・菲爾法斯・羅徹斯特的聲音，而它是那麼狂亂、淒厲、迫切地，在痛苦和哀傷之中喊出來。

「我來了！」我叫道，「等我！噢，我會來的！」我疾奔向門，往走廊裏瞧：漆黑一片。我於是跑出去，到花園裏：空無一人。

「你在哪裏？」我喊道。

澤谷的山丘模模糊糊地傳來了回答——「你在哪裏！」我傾聽著。風在樅樹間低聲嘆息，一切只顯出荒地的寂寥與午夜的蕭靜。

「滾吧，迷信！」我下結論，「這不是你的伎倆，也不是你的巫術，這是大自然的作用。她被喚醒了，做了——不是奇蹟——她最好的事。」

我掙脫聖約翰，他本一直跟著我，抓住我。現在是我占優勢的時候了。我的能量正在產生作用、發

生威力。我要他別發問也別說話，希望他走開，因為我必須獨處。他立刻聽從了。只要你有力量好好發令，絕不會有人不遵從。我上樓到我房間去，把自己鎖在裏面，跪下來，用我的方式祈禱——跟聖約翰不同的方式，不過有它自己的效用。我好像潛近了偉大聖靈，我的靈魂感激地衝出來，伏在祂腳下。我在感恩之中爬起來，下了個決心，然後毫不畏懼、豁然開朗地睡下——一心渴望黎明。

第三十七章

芬丁莊這棟領邸，是個相當古老的建築物，中等大小，沒有建築上的誇飾，深深隱匿在樹林裏。我以前就聽說過它。羅徹斯特先生常常講起它，有時候他也會來這裏。他的父親買下這棟宅子，純粹為了打獵用。他本可以把這棟宅子租出去，只不過找不到房客，因為地點不適宜居住，而且有害健康。於是芬丁莊就一直沒有人居住，也沒有布置家具，只除了其中兩、三個房間有設備，好讓地主來打獵時，有地方住宿。

將近天黑的時候，我來到宅子附近，這個傍晚，天空陰慘慘的，颳著寒冷的大風，還不停下著透骨的綿綿細雨。我用兩倍酬金遣走馬車和車伕，徒步走完最後一哩路。儘管離莊園已經很近了，卻還是看不見它，周圍幽森的樹林子，林木濃密而陰濕。花崗岩柱間的鐵門，指引我進入，穿過它之後，我立刻發現自己站在一排排緊密的樹木間，籠罩於一片暮色裏。樹與樹之間的廊形通道上，在古色蒼然、盤根錯節的樹幹間，有著一條雜草叢生的小徑往下坡延伸，枝椏在其上方搭出拱頂。我沿著它走下去，期待能很快就抵達住宅，然而它一直不停地延伸下去，蜿蜒得越來越遠，全不見有住所或是庭園的跡象。

我想我是走錯方向，迷了路。周圍的天色跟林木的幽暗一樣，越來越深沉。我左右瞧瞧，想找尋別

的路，沒有。周遭全是交纏的樹枝、石柱般的大樹幹和夏季的濃密葉簇——沒有任何開展之處。

我於是繼續走下去，道路終於豁然開朗，樹木稀疏了些，我立刻見到一堵籬柵，然後就是那棟房子——在這昏暗的光線中，幾乎與樹林無法區分，它那正在腐爛的牆壁，如此潮濕，如此綠。穿過一道只繫著閂子的門，我便來到一塊圍閉起來的空地上，樹木呈半圓形往外林列出去。沒有花，沒有花壇，只有一條寬廣的碎石步道，沿著一塊草地旁繞過去，周圍的背景是一片濃密的森林。這棟房子的正面，以兩座尖尖的三角牆呈現出來，格子狀窗戶窄窄的，前門也一樣窄窄的，門口有一級台階。整個看起來，就如同旅店老闆講的那樣，「是個相當荒僻的地方」。宛如工作日的教堂一樣死寂，周遭只聽得見雨點喋喋不休地打在森林樹葉上。

「這裏會有人在生活嗎？」我自問。有，有某種生活存在；因為我聽見了活動的聲音——窄窄的前門打開了，有個影子正要從農莊裏面出來。

門慢慢地打開，一個人走了出來，走進暮色中，站在台階上——一個沒有戴帽子的男人。他伸出手，好像要感覺一下有沒有在下雨。儘管暮色蒼茫，我還是認出了他，他不是別人，正是我的主人，愛德華‧菲爾法斯‧羅徹斯特。

我凝住腳步，甚至凝住呼吸，站在那兒看他——

端詳他，自己並沒有被看見，而且，唉！他也看不見。這是個猝不及防的會見，在這情況下，狂喜被痛苦完全抑制住了。所以我要收攝住想大喊的聲音，要收斂住想衝上前的腳步，真是一點都不難。

他的身形還是和以前一樣，有著健壯結實的輪廓，姿態也還挺直，頭髮依然烏黑，五官沒有改變或凹陷；他運動家一般的強健身子，並沒有讓一年來的任何哀傷折服，蓬勃的旺盛精力也沒有衰頹。不過我在他的表情上，看到了變化，它顯得絕望而抑鬱—讓我想起某些受傷害或被銬鍊住的野獸禽鳥，慍怒、悲慟，一靠近牠就有危險。被囚禁的鷹，當牠眼裏兇蠻的金色光輝熄滅之後，看來也許就跟失明的參孫一般模樣。

而讀者，你認為我會害怕他失明後的兇暴嗎？—如果你這麼想，就太不了解我了。我的哀愁，溶入了一抹淡淡希望，讓我很快就敢去親吻那岩石般的前額，以及在那之下嚴厲地緊閉著的嘴唇；不過，還不到時候，我現在還不想上前說話。

他走下那級台階，慢慢地朝草地那邊摸索前進。以往那勇往直前的大步伐哪兒去了呢？他停下，好像不知道該轉向哪個方向。他伸出手，睜開他的眼瞼，茫然地努力試著要望向天空，望向周圍競技場座位般的一排排樹木；可是看得出來，一切對他來說，只是空虛的黑暗。他伸出右手（切斷的左手

藏在懷中），好像想藉著觸摸來弄清楚周圍有些什麼，卻仍只是摸到虛空罷了；因為樹木離他站立的地方，還有數碼遠。他放棄努力，疊起雙臂，靜靜地不發一言站在雨中，這雨，此刻正密密落在他沒戴帽子的頭上。這時候約翰從某個地方走出來，走近他。

「您要不要扶著我的手臂，先生？」他說，「快下起大雨了，您進屋裏去，是不是會比較好些？」

「別管我。」是他的回答。

約翰退下，沒有看見我。羅徹斯特先生現在試著要走動，沒有用──一切都太不確定了。他摸索著回房子那兒，進屋去，關上門。

我現在走過去，敲敲門，約翰的妻子打開門。「瑪麗，」我說，「妳好嗎？」

她好像見到鬼一樣驚跳了一下，我安慰她平靜下來。對她急急提出來的問題：「真的是妳，小姐，在這麼晚的時間，來到這寂寞的地方？」我握住她的手作為回答；然後跟著她走進廚房，約翰現在在那裏面，坐在爐火邊。我簡單向他說明，我已知悉一切在我離開荊原莊之後發生的事，而來此尋找羅徹斯特先生。我要約翰到守路站那邊去取我的提箱，剛才我在那裏遣走馬車，寄放箱子。然後，脫掉我的帽子和披巾之後，我問瑪麗，宅子裏可有哪個房間能讓我住一晚；等我知道這儘管不容易安

排，卻也並非不可能，就告訴她我要留下來。就在這個時候，客廳的鈴響了。

「妳進去的時候，」我說，「告訴妳的主人，說有個人想跟他說話，不過不要說出我的名字。」

「我想他不會想要見妳，」她答道，「他誰都不肯見。」

等她回來，我問她他說什麼。

「妳得說出妳的名字，有什麼事情。」她答道，隨即去倒了一杯開水，與蠟燭一起放在托盤裏。

「他拉鈴就是要這個嗎？」我問。

「天黑之後，他總是要人拿蠟燭進去，儘管他已經瞎了。」

「把托盤給我，我拿進去。」

我從她手中拿過托盤，她把客廳的門指給我看。托盤在我手中顫抖，水從玻璃杯中潑了出來，我的心臟急促而響亮地敲打在肋骨上。瑪麗為我打開門，並在我身後關上門。

這客廳看起來好陰暗，爐架上有一小把火兀自在熒熒燒著，房間裏的這位盲眼屋主，正斜倚向火堆，頭枕在那高高的老式壁爐框上。他的老狗派洛特，遠遠躺在一邊，蜷縮起來，好像害怕被不小心踩到。我進去的時候，派洛特豎起耳朵，隨即跳起來，吠了一聲，又嗚了一聲，朝著我跳過來；差點把我手上的托盤給撞掉。我把它放到桌子上，拍拍

牠，輕聲說：「躺下！」羅徹斯特先生機械式地轉過來，要看這騷亂是怎麼回事；不過他什麼都沒看見，只好又轉過去，嘆了口氣。

「把水給我，瑪麗。」他說。

我拿著現在只剩下半杯的水走向他，派洛特跟著我，仍然很興奮。

「怎麼回事？」他問道。

「坐下，派洛特！」我再喝令一遍。他那杯水還沒拿到嘴邊，就停在半途，他好像在傾聽，然後他喝了水，放下杯子。「是妳嗎，瑪麗，是或不是？」

「瑪麗在廚房裏。」我回答。

他迅疾伸出手來，但是因為見不到我站立的位置，所以沒有碰到我。「這是誰？這是誰？」他問道，好像試著要用那雙沒有視力的眼睛來看——徒然的、惱人的嘗試啊！「回答我——再說一次話！」他命令，專橫又大聲。

「你還要多喝點水嗎，先生？半杯水被我潑光了。」我說。

「是誰？是什麼東西？誰在說話？」

「派洛特認識我，約翰和瑪麗也知道我在這裏。我今天傍晚才來的。」我回答道。

「偉大的神啊！——我面前是什麼幻覺啊？我陷入了什麼樣的甜蜜瘋狂當中啊？」

「沒有幻覺——也沒有瘋狂；你的心智太堅強了，

先生，不會產生幻覺，你的身體太健康了，不會發瘋。」

「那麼說話的是誰呢？難道只是個聲音嗎？噢！我無法看見哪，但是我得摸一摸，不然我的心臟會停止跳動，我的腦子也要爆炸了。不管妳是什麼，是誰，求求妳要讓我摸得到，否則我活不下去了！」

他摸索著，我抓住他四處試探的手，用雙手握住它。

「這正是她的手指！」他叫道，「她嬌小纖細的手指！如果真是這樣，一定還有更多！」

這隻強壯的手掙脫了我的束縛，猛地抓住我的手臂，我的肩膀、頸子、腰──我被他一把摟住，拉向他。

「這是簡嗎？這是什麼東西呢？這是她的身材──這是她的大小──」

「還有她的聲音，」我接著說，「她整個人都在這裏：她的心也在這裏。上帝保佑你，先生！我很高興又能靠近你了。」

「簡愛！──簡愛！」他只說得出這樣。

「我親愛的主人，」我回答道，「我是簡，愛爾。我找到你了──我將回到你身邊。」

「以實體回來嗎？──以肉身回來嗎？我的活著的簡？」

「你摸到我了，先生——你抱著我了，而且抱得這麼緊。我可不是屍體般冰冷，不是空氣般虛無吧，我是嗎？」

「我的活著的簡！這些的確是她的肢體沒錯，而這些的確是她的五官；然而上帝不可能這麼庇佑我吧，在這麼多悲慘命運之後。這是個夢，就像我在夜裏夢到自己再次把她擁進懷中，就像現在這樣，親吻她，就像這樣——然後感覺到她愛我，也相信她不會離開我。」

「我永遠也不會離開你，先生，從今天起。」

「永遠不會，這幻象是這麼說的嗎？但是我總是在醒來的時候，發現它只是個空幻的譏諷罷了；發現我是獨自一人的、被遺棄的——發現我的生活黑暗、寂寞、毫無希望——我的靈魂渴望喝水卻被禁止——我的心非常飢餓，卻永遠吃不到食物。溫柔安詳的夢啊，現在舒適地靠在我懷裏吧，妳會飛走的，就像先前妳的姐妹們飛走那樣；不過在妳走之前，親吻我吧——擁抱我，簡。」

「喏，先生——喏！」

我把嘴唇壓在他曾經明亮而現在黯淡無光的眼睛上——我把他額上的頭髮撥開，也吻了吻那裏。他突然間似乎自個兒清醒過來，剎那間相信這一切都是實在的了。

「這是妳——是妳，對不，簡？這麼說，妳回到

我身邊了？」

「是的。」

「這麼說，妳並沒有躺在某條溪流下的溝渠裏死去嘍？也沒有在陌生人之間流浪而憔悴嘍？」

「沒有，先生！我現在是個有獨立財產的女人了。」

「有獨立財產！什麼意思，簡？」

「我在馬德拉的叔叔去世了，留給我五千鎊。」

「啊！這是實際的——這是真實的事！」他叫道，「我不可能自己夢到這樣。此外，這是她那特有的聲音啊，如此惹人興奮、惹人痛快，同時又溫柔，它振奮了我枯萎的心靈，將生命灌注進去。什麼，簡！妳現在是個有財產的女人了嗎？是個富有的女人了？」

「相當富有了，先生。如果你不讓我跟你住，我有能力就在你門邊蓋一棟我自己的房子，那麼你就可以在傍晚需要人陪伴的時候，過來我家的客廳裏坐坐。」

「然而，既然妳現在富有了，簡，妳想必已有了一些照顧妳的朋友，不會讓妳獻身於我這樣一個瞎眼的殘廢了吧？」

「我告訴過你，我不但富有了，而且獨立，我是我自己的主人。」

「而妳要跟我在一起嗎？」

「當然——除非你反對。我要當你的鄰居，你的看護，你的管家。我發現你現在很孤獨，我要當你的伴侶——讀書給你聽，陪你散步、陪你同坐，伺候你，當你的眼睛和手。別再這麼憂鬱了，我親愛的主人，我活著的一天，你就不會被丟下，不會孤單的。」

他沒有回答，看起來很嚴肅——看起來心不在焉；他嘆口氣，半張開嘴好像要說話，卻又再闔上。我覺得有點尷尬。也許我過於輕率地逾越了禮教，而他就像聖約翰一樣，因為我的冒失，把我視為不端莊吧。我這提議確實是出於，我認定他必定會希望而且求我做他的妻子，這想法儘管沒有表達出來，卻並不因此而少了些肯定；這樣的期待鼓舞著我，讓我以為他會立刻就要求我成為他的人。然而他卻沒有透露出任何表示這意願的跡象，表情還變得更加陰沉，我突然間想起，也許我完全錯了，也許我正扮演著傻瓜的角色而渾不自覺；我開始輕輕掙脫他的懷抱—可是他急忙把我擁得更緊。

「不——不——簡，妳不能走。不——我已經摸到妳，聽到妳，感覺到有妳存在的舒服，感覺到妳給的安慰的甜美滋味；我無法放掉這些快樂。我自己已經沒剩下什麼了，一定得擁有妳。世間人也許會笑我——也許會說我荒唐、自私——那對我一點意義都沒有。我的靈魂需要妳，必須得到滿足，否則

它會對它的軀殼展開死命的報復。」

「嗯,先生,我會留在你身邊的,我剛剛說過了。」

「是的,然而妳對於留在我身邊,有妳的理解,我對於它則有另一種理解。妳,也許可以下定決心,守在我的手和椅子旁邊——像個親切的小護士一樣伺候我(因為妳有顆深情的心和一個寬大的靈魂,會讓妳為妳所同情的人做犧牲),那必定會使我很慰,毫無疑問。然而我想,我現在對妳,也許只能懷著父親般的感情了吧?妳是不是這麼想的?來,告訴我。」

「你要我怎麼想,我就怎麼想,先生;只當你的護士,我也心滿意足,如果你認為那樣比較好的話。」

「但是妳不能一直當我的護士啊,簡妮特:妳還年輕——妳有天一定得結婚的。」

「我不在乎結不結婚。」

「妳應該在乎,簡妮特;如果我是我以前那樣,就會試著要妳在乎,但是,我是這麼個瞎眼的、行動不便的人!」

他又再陷入陰鬱當中。我,則剛好相反,變得比較愉快了,而且還產生新的勇氣:最後那幾句話讓我知道困難出在哪裏;由於對我來說,那並不是困難,我於是鬆了口氣,不再像先前一樣尷尬了。我

又回到較活潑的談話情緒裏。

「該有人來使你恢復人的氣息了，」我說，把他又長又濃密的沒有修剪的鬃髮理開，「因為，我看你已經快要變形成一頭獅子，或者那一類的東西了。你在你的活動範圍裏面，已經活像個尼布加尼撒了，這點是確定的；你的頭髮讓我想起老鷹的羽毛，而你的指甲有沒有像鳥爪，我還沒有看到。」

「在這隻手臂上，我既沒有手，也沒有指甲，」他說，把截肢的手從懷中抽出來讓我看。「它只是個殘肢了——真是恐怖的景象吧！妳說是不是，簡？」

「我很遺憾看到它這樣，也很遺憾看見你的眼睛這樣——還有你前額上的火紋，然而最糟糕的是，儘管這樣，別人還是有愛你愛得太深、把你看得太重的危險。」

「簡，我以為妳見了它，和我臉上的疤痕，會感到噁心。」

「你這樣想嗎？別說你是，否則我要說些貶低你判斷力的話了。現在，讓我離開你一下，去把火生旺一點，順便把爐前地面掃乾淨。如果火生得旺，你察覺得出來嗎？」

「可以，我可以從右眼見到一點光亮——微微發紅的一團朦朧。」

「那麼你看得見蠟燭嗎？」

「非常模糊——每根都像一朵亮亮的雲霧。」

「你看得見我嗎？」

「看不見，我的小仙女；不過能夠聽見妳，摸到妳，我就已經太感激了。」

「你什麼時候吃晚飯？」

「我從來不吃晚飯。」

「可是你今天晚上得吃一些。我餓了！我敢說你也是，只不過忘記自己肚子餓罷了。」

把瑪麗叫來之後，我很快就把房間弄成比較宜人的樣子：此外，我還為他準備了很舒適的一餐。我的精神很亢奮，在喜悅又輕鬆的心情之下，跟他談了整頓飯的話，飯後還一直談了很久。跟他在一起，沒有惱人的束縛，不必壓抑快樂與活潑，跟他在一起，我完全輕鬆自在，因為我知道我合他的意；我所說的、所做的一切，似乎都能使他安慰，或使他振奮。這樣的意識，多麼令人欣喜啊！它為我整個天性帶來了生機與光明，在他面前，我徹頭徹尾地活著，而他在我面前也一樣。儘管他盲，笑容還是洋溢在他的臉上，喜悅還是展現在他的額頭上，他的容貌變得柔和下來、溫暖起來。

晚飯之後，他開始問我許多問題，問我原來一直在哪裏，在做什麼，怎麼找到他的；不過我只給他相當不完全的回答，因為那天晚上太晚了，無法細述。此外，我希望不要在他的心上碰觸到會深深顫動的弦，不要挖出另一口情緒的井。如我所說，他

很高興，然而卻是一陣陣的。只要在談話當中有一瞬間的沉默，他就會不安起來，摸摸我，叫一聲：「簡。」

「妳整個兒都是人吧，簡？妳確定嗎？」

「我誠心相信如此，羅徹斯特先生。」

「然而，在這漆黑哀愁的夜晚，妳怎麼能這麼突然地出現在我寂寞的壁爐前呢？我伸出手向僕人拿一杯水，卻是由妳遞給我；我問了個問題，本期待約翰的老婆來回答我，耳邊響起的卻是妳的聲音。」

「因為我代替瑪麗送托盤進來。」

「而我現在正跟妳一同度過的這個小時，籠罩著一種魔力。誰能夠知道我過去幾個月，過的是多麼黑暗、淒涼、無望的生活啊。什麼事都不能做，什麼也無法期待，白天與黑夜都混在一起，只在爐火熄滅之後感到冷，在忘記吃飯的時候感到餓；然後，還有無止境的悲哀，以及，時常感到一陣極渴望見到我的簡的心狂意亂。對，我渴望挽回她，遠比我渴望恢復視力還強烈。怎麼有可能，現在簡真的在我身邊，還說愛我呢？難道她不會像來時一般突然地離開嗎？明天，我害怕將再也找不到她。」

在他目前這種精神狀態下，我相信，跳出他的混亂思路，給他一個平淡無奇、現實生活式的回答，應該是最能令他安心了。我用手指撫過他的眉毛，說它們被燒焦了，還說我要塗點什麼上去，好讓它

們再次跟從前一樣長得又濃又黑。

「不管用什麼方式來對我好，又有什麼用呢？善心的精靈啊，若是妳在某個命定時刻，又丟下我——像個影子一樣溜走，到哪裏去、怎麼離開的，我都不知道，之後就讓我怎麼也找不到妳呢？」

「你身邊有沒有小梳子，先生？」

「要幹什麼，簡？」

「只是想把你這些黑茸茸的蓬亂鬃毛給梳好。我靠過來細看，發現你樣子真的很嚇人，你說我像個小仙子，我卻覺得你肯定更像個棕妖。」

「我很可怕嗎，簡？」

「很可怕，先生；知道嗎，你一直都很可怕。」

「嗯！不管妳曾寄居過何處，那股頑皮勁兒還是沒有改掉。」

「然而我是跟一群好人住一起哪，比你好得多，好一百倍，擁有你生活中從來沒有過的想法與見解，而且更加優雅，更加高尚。」

「媽的，妳究竟跟誰住一起？」

「你如果再那樣扭頭，頭髮會被我給扯掉，到時候，我想你就不會再懷疑我確實存在了。」

「妳跟誰住一起，簡？」

「今天晚上，你是問不出來的，先生，你得等到明天；你懂嗎，我把故事講到一半，就是一種保

證，我明天絕對會到你早餐桌前來把它講完。順便一提，到時候，我會提醒我自己別只是帶著一杯水出現在你的壁爐跟前，而得為你至少多帶個蛋，更別說帶煎火腿了。」

「妳這愛愚弄人的、妖精生的、凡人養的、仙子掉包的醜小孩！妳讓我體會到這十二個月來沒有的感覺。如果掃羅有妳做他的大衛，那麼不用豎琴的幫助，就可以趕走惡魔了。」

「諾，先生，你現在整理好了，體面多了。我現在要離開你了：過去這三天，我一直在趕路，我相信我累了。晚安。」

「說一句話就好，簡：妳住的房子裏，只有女人嗎？」

我笑著逃走，跑上樓的時候，還猶自笑著。「這是個好主意！」我愉快地想，「我看接下來一段時間內，我知道該怎麼惹他焦慮了，這樣可以使他走出陰霾。」

隔天早上很早的時候，我聽見他起床走動，從一個房間走到另一個房間。等瑪麗一下樓，我就聽見他問：「愛小姐在這裏嗎？」然後是：「妳讓她睡哪個房間？那房間乾燥嗎？她起床了沒有？去問她是否需要什麼東西，並問她什麼時候下樓來。」

我一覺得吃早飯的時間快到了，就下樓來。輕手輕腳走進那房間裏，在他發現我到來之前，就看見

了他。眼見這麼活力充沛的意志，得屈服於肉體上的虛弱，真是叫人悲哀。他坐在他的椅子上——一動也不動，卻不是在休息，顯然是在期待；他剛強的五官上，現在已經明顯刻著習於悲哀的線條了。他的表情，讓人聯想到一盞已經熄滅、等著人來點亮的燈；而，唉！現在能夠點亮這盞表情生動的燈的人，已不是他自己了，他得靠別人來做這件事！我本是想表現得快快樂樂、無憂無慮，但是這個強壯的男人的虛弱無力，實在讓我錐心刺骨。不過，我還是盡可能活潑愉快地向他招呼：

「真是個陽光燦爛的早晨，先生，」我說，「雨已經停了，不會再下了，而且雨後的陽光溫柔和煦，你等會兒就可以去散散步了。」

我果然點醒了他的容光，他整個臉亮了起來。

「噢，妳真的在那兒，我的雲雀！過來我身邊。妳沒有走啊，沒有消失啊？我一個小時前，聽見了一隻妳的同類，在樹林子那邊高高的天空上唱著歌呢，只不過牠的歌聲對我來說不是音樂，就像那朝陽對我來說沒有光芒一樣。這世界上所有我聽得見的旋律都凝聚在我的簡的舌頭上了（我很高興它不是天性沉默）；所有我感覺得到的陽光，就是她的出現。」

聽到他如此公開承認自己的依賴，我不禁湧出了熱淚，這就好像一隻高貴的鷹，被鎖在棲木上，被

迫必須要懇求麻雀來供應牠食物。然而我不能如此柔弱易哭，我迅速拭去眼淚，開始忙著準備早餐。

上午大部分的時間，都在戶外度過。我帶他走出潮濕荒涼的樹林，來到幾片風景宜人的田野上，向他描述它們是多麼地翠綠，花叢和樹籬看來是多麼地清新，天空是多麼地澄藍耀眼。我為他找了個隱秘而美麗的地點，一個截斷的乾樹幹，讓他坐下；在他坐下之後，我也沒有拒絕讓他把我擺在他膝頭上。既然他和我都覺得靠近比分離令人愉快，為什麼要拒絕呢？派洛特躺在我們旁邊，一切都很恬靜。他把我緊抱在懷裏，突然開口說——

「殘忍的、殘忍的拋棄者啊！噢，簡，在我發現妳逃離荊原莊之後，我到處找不到妳，查看了妳的房間，確定妳沒有帶錢，也沒有帶任何有價值的東西，可知我是怎麼樣的感受啊！我送妳的一條珍珠項鍊，還放在它的小匣子裏，碰都沒碰；妳的行李箱都還維持著準備要度蜜月那樣，捆著、鎖著。我自問，我的小親親該怎麼辦呢，窮得連一毛錢都沒有？現在，讓我聽聽吧。」

他這麼催我，我就開始把過去這一年來的經歷告訴他。關於流浪挨餓的那三天，我把它講得十分平淡，因為若是一五一十告訴他，必定會引起不必要的痛苦；我所講的那丁點兒，就已經把他鍾愛的心劃破了，劃得比我所希望的還深。

他說，我不應該這樣子，連為自己求生路的辦法都沒有，就離開他；我應該把我的意圖告訴他。我應該信任他，他絕對不會強迫我當他的情婦。儘管他在絕望時顯得非常兇暴，事實上卻是愛我愛得太深、太溫柔了，不會讓自己成為我的暴君。他願意給我一半的財產，不要求一個吻做回報，也不願我無親無故地，就這麼跳入外面世界中。他相信我所受的苦必定比我所吐露的還要多。

　　「啊，不管我吃了什麼樣的苦，都是很短暫的。」我回答，接著就開始告訴他，我如何被收容在澤汀府中，如何得到村校女教師的職位等等。繼承財產、找到親戚，也都依序講了。聖約翰的名字當然時常在我講故事的過程中出現，等我一說完，那個名字馬上就被提了出來。

　　「這麼說，這個聖約翰，是妳的表哥嘍？」

　　「對。」

　　「妳常常講到他，妳喜歡他嗎？」

　　「他是個很好的男人，先生；我忍不住要喜歡他。」

　　「一個好男人。那指的是，一個值得尊敬的、品行端正的五十歲男人嗎？還是什麼意思？」

　　「聖約翰才二十九歲。」

　　「就如同法國人所說『青春年華』。那麼他是個身材矮小、遲鈍笨拙、相貌平庸的人吧？他的長處

是在於沒有罪過，而不是在於德性高超吧？」

「他積極得不知疲倦，他活著就是為了要做出偉大、崇高的事。」

「但是他的腦子呢？可能很愚笨吧？他懷著好意，但是聽他說話，會讓妳聳聳肩膀就算了對不？」

「他很少說話，先生；然而他一說話，總能切中重點。我認為，他的腦子是第一流的，儘管不容易感動，卻很有生命力。」

「那麼，他是個能幹的人嗎？」

「十分能幹。」

「是個很有教養的人嗎？」

「聖約翰是個博學篤實的學者。」

「我想妳說過他的儀態不合妳口味吧？——古板衛道、一副牧師樣兒？」

「我從沒提到他的儀態，不過，除非我的品味太差，否則他的儀態倒是很合我口味：高雅、沉靜、文質彬彬。」

「他的外表——我忘了妳是怎麼描述他的外貌了；是否是那種被白領巾勒得半死，踩著厚底皮靴的鄉下牧師呢？」

「聖約翰穿戴得很好。他是個英俊的男人，高大、雅致，有著藍眼睛和希臘式的輪廓。」

（對著旁邊說）「去他的！」——（對著我說）「妳

喜歡他嗎，簡？」

「是的，羅徹斯特先生，我喜歡他；但是你先前已經問過我了。」

我當然看得出我的對話者的意思。他被嫉妒抓住了，它螫了他一口，然而這一螫是有益健康的：讓他能從不停咬嚙著他的憂鬱毒牙底下解脫。因此，我不想立刻馴服那條蛇。

「也許妳寧願不要再坐在我的膝蓋上了吧，愛小姐？」是接下來有點出乎我意料的回答。

「為什麼不，羅徹斯特先生？」

「妳剛剛描繪出來的畫，點出了過於強烈的對比。妳的話中非常美麗地勾勒出一個優雅的阿波羅，他被妳深深記憶在想像中——高大、雅致、藍眼睛和希臘式輪廓。而妳的眼睛，卻望著一個法爾坎——一個十足的鐵匠，黝黑、寬肩，外加瞎眼和殘廢。」

「我以前從來沒有想到過，不過你倒真的很像法爾坎，先生。」

「那麼，妳可以離開我了，小姐；不過在妳走之前，」（他說著更用力地緊摟我一下）「請妳回答我一、兩個問題。」他停頓了一下。

「什麼問題，羅徹斯特先生？」

接著就是下面的嚴密追問了。

「聖約翰讓妳當村校女教師，是在他知道妳是他

表妹之前嗎？」

「對。」

「妳常見到他嗎？他偶爾會去學校嗎？」

「他天天來。」

「他會贊同妳的教育計畫嗎，簡？我知道那些必定是很優秀的計畫，因為妳是個很有天分的傢伙。」

「他贊同——對。」

「他有在妳身上發現很多他意想不到的東西嗎？妳的一些才能並不平凡。」

「這點我不知道。」

「妳說妳在學校旁邊有間小屋子住；他有沒有去那裏找過妳？」

「時常。」

「有晚上去過嗎？」

「一、兩次。」

一陣沉默。

「在發現表兄妹關係之後，妳同他和他妹妹一起住了多久？」

「五個月。」

「里佛跟家裏面的女眷相處的時間多嗎？」

「是的，後客廳不但是他的書房，也是我們的書房。他坐在窗戶邊，我們坐在桌子邊。」

「他常讀書嗎？」

「很常。」

「讀什麼？」

「印度斯坦語。」

「妳那時候在做什麼？」

「一開始是學德語。」

「他教妳德語嗎？」

「他不懂德語。」

「他什麼都沒教妳嗎？」

「教一點印度斯坦語。」

「里佛教妳印度斯坦語？」

「是的，先生。」

「還教他妹妹們嗎？」

「沒有。」

「只教妳？」

「只教我。」

「是妳要求他教的嗎？」

「沒有。」

「是他想教妳？」

「對。」

又一次沉默。

「他為什麼要教妳？妳學印度斯坦語有什麼用處？」

「他要我跟他一起去印度。」

「啊！現在我找到事情的根柢了。他要妳嫁給他吧？」

「他要求我嫁給他。」

「那是虛構的事——厚臉皮的杜撰，想來惹我生氣的。」

「請原諒，這句句屬實；他要求過不只一次，而且跟你以前一樣，固執己見，毫不讓步。」

「愛小姐，我再說一次，妳可以離開我了。同一句話我得說幾遍啊？我已經通知妳走開了，為什麼妳還這麼頑固地坐在我腿上？」

「因為我坐在這裏很舒服。」

「不，簡，妳坐在這裏不舒服，因為妳的心已經沒有在我這裏了，它在那位表哥那裏——在那個聖約翰那裏。噢，我在此之前，還以為我的小簡完全是屬於我的呢！我相信她即使在離開我的時候，也還是愛我的，那是在很多痛苦中的一點點甜蜜啊。儘管我們分開這麼久，儘管我為我們的分離落下這麼多熱淚，我可從沒想到，在我為她悲傷的時候，她卻是在愛著別人哪！可是傷心是沒用的。簡，走吧，去嫁給里佛。」

「那麼，把我甩掉嘛，先生——把我推開嘛，因為我不會自己離開你的。」

「簡，我永遠喜歡妳的聲音，它仍然能使希望重生，它聽起來如此真摯。聽見它，讓我好像回到了一年以前。忘了妳已經有了新的關係。可是我並不是傻子——走吧——」

「我得走去哪裏，先生？」

「走妳自己的路啊——去跟妳選擇的丈夫在一起吧。」

「那是誰？」

「妳知道的——那個聖約翰啊。」

「他不是我的丈夫，也永遠不會是。他並不愛我，我也不愛他。他愛的是（以他所能愛的方式，那跟你所能愛的方式是不一樣的）一位叫做羅莎蒙德的美麗小姐。他想娶我，只是因為他認為我很適合當傳教士的妻子，這是那個小姐做不到的。他很善良而且偉大，但是卻很嚴厲，而且，在我看來，冷酷得跟冰山一樣。他不像你，先生。我在他身邊、靠近他，或與他在一塊兒，都不快樂。他一點都不寵愛我——也沒有喜愛。他在我身上見不到任何吸引他之處，甚至見不到我的青春，而只是看到心靈上幾個有用的特點罷了。這樣，我還得離開你，去找他嗎，先生？」

我不由自主地打了個寒噤，本能地更抱緊我盲眼的、心愛的主人。他露出笑容。

「什麼，簡！這是真的嗎？妳和里佛之間真的是這樣的狀況嗎？」

「一點兒都沒錯，先生。噢，你不需要嫉妒！我只是想稍微作弄你一下，減輕你的悲傷，我認為生氣比悲哀要好。但是，如果你是希望我愛你，那麼

請看看我的確多麼地愛你，你就會覺得驕傲而滿足了。我整顆心都是你的，先生，它屬於你，而且會留在你身邊，即使命運把我的其他部分，從你身邊永遠趕走。」

又一次，在他親吻我的時候，痛苦的思緒又使他臉色黯淡下來。

「我燒壞的視力啊！我殘廢的力量啊！」他遺憾地抱怨著。

我輕撫他，為了安慰他。我知道他在想什麼，想幫他說出來，卻又不敢。他把臉別開一下，我看見他緊閉的眼皮底下滑出了一滴眼淚，順著他粗獷的臉頰流了下來。我心情十分激盪。「我比起荊原莊果園裏那棵被雷擊中的老栗樹，好不到哪裏去，」不久他說，「那樣一個廢物，有什麼權力要求剛在發芽的忍冬來用新鮮覆蓋它的腐朽呢？」

「你不是廢物，先生——不是被雷擊壞的樹；你蒼翠蓬勃。不管你要不要，植物都會長在你的根部周圍，因為它們喜歡你的濃蔭，而且它們會越長越依附向你，纏繞在你身上，因為你的力量提供了它們如此安全的支柱。」

他又再度露出笑容，因為我給了他安慰。

「你指的是朋友們吧，簡？」他問。

「是的，是指朋友們。」我非常遲疑地回答道，因為我知道我指的不只是朋友，然而卻不知道該用

什麼別的字眼來代替。他幫了我。

「啊！簡，可是我想要個妻子。」

「是嗎，先生？」

「是的，這對妳是新聞嗎？」

「當然，你前面沒有提起過。」

「這是個不受歡迎的新聞嗎？」

「那得視情況而定，先生——視你的選擇而定。」

「這選擇，得交給妳來做，簡。我遵從妳的決定。」

「那麼，先生，就選擇最愛你的人吧。」

「我至少要選擇我最愛的人。簡，妳願意嫁給我嗎？」

「願意，先生。」

「一個可憐的瞎子，一個得由妳扶著走路的人？」

「是的，先生。」

「一個殘缺的人，大妳二十歲的人，必須由妳伺候的人？」

「是的，先生。」

「真的嗎，簡？」

「再真實不過了，先生。」

「噢！我親愛的！上帝保佑妳、報償妳！」

「羅徹斯特先生，如果我這輩子曾經做過什麼善事——如果我曾經有過什麼善念——如果我曾經做過什麼誠摯無瑕的祈禱——如果我曾經許過什麼正

當的願望——我現在已經得到了報償。對我來說，做你的妻子，是世界上最讓我快樂的事了。」

「因為妳喜歡犧牲。」

「犧牲！我犧牲什麼？如果說我這是犧牲飢餓來換取食物，犧牲期望來換取滿足；能夠擁抱我所珍視的人——以我的嘴唇親吻我所心愛的人——依靠我所信任的人，如果說享受這樣的特權叫做犧牲，那麼我當然是喜歡犧牲了。」

「還得忍受我的殘疾，簡；還得忽視我的缺點呢。」

「對我來說，沒有這些東西，先生。我現在更愛你了，因為我可以真的對你有幫助，而不只是處在你驕傲的獨立狀態之下，處在你只想當施授者與保護者而不屑做其他角色的情況中。」

「到現在為止，我都痛恨被人幫助——被人牽著走；然而從現在起，我覺得我不再痛恨這樣了。我不喜歡把手放在僕人的手上，但是能感覺到簡的小手指正圈著我的手，卻讓我很高興。對於僕人的殷勤照顧，我寧願孤獨；然而簡的溫柔的輔助，卻是一輩子的快樂啊。簡合我的意，我合她的意嗎？」

「連我天性中最細微的那根纖維，都感到合意，先生。」

「既然如此，我們再也沒有什麼要等待的了，我們得立刻結婚。」

他的神情和語氣都十分急切：往日那股急躁的脾氣又升了起來。

「我們必須結為連理，絕不容耽擱了，簡；只需要拿到證書——然後我們就結婚。」

「羅徹斯特先生，我現在才發現，太陽已經遠遠離開中天，而派洛特實際上也已經回家去吃晚飯了。讓我看看你的錶。」

「把它繫在妳的腰帶上吧，簡妮特，從現在起就放在妳那裏吧，我用不著它。」

「已經將近下午四點了，先生。你不餓嗎？」

「三天後，必須是我們結婚的日子，簡。現在別管什麼漂亮衣服和首飾了，那些都不值得費心。」

「太陽已經把所有雨露都曬乾了，先生。沒有一點兒風，挺熱的。」

「可知道，簡，妳的小珍珠項鍊，此刻還戴在我領巾下的古銅色脖子上，打從失去我唯一珍寶的那天起，我就一直戴著它，作為對她的紀念。」

「我們從林子那裏回家吧，那應該是最陰涼的路徑了。」他沒有理會我，繼續著他自己的思緒。

「簡！我敢說，妳一定認為我是一條沒有信仰的狗吧，可是此時此刻我的心，對護佑塵世的上帝，卻充滿了感激之情。他看事情不像人類那樣，而要明鑑得多；他判斷事情也不像人類那樣，而要明智得多。我以前做錯了，那樣做會損毀我無辜

的花朵，玷污它的純潔；所以全能的神便把它從我身邊奪走。我，處在死硬的叛逆心下，幾乎詛咒了這上天的安排，不但不順從天意，還反抗它。於是神施下報應，把災難重重降在我身上，我被迫穿過了死蔭之谷。祂的懲戒是強有力的，一次重擊就永遠挫折我的驕傲。妳也知道我向來都以自己的身強力壯為傲，然而現在它變得如何呢？我得把它交給別人來領導，就像小孩的軟弱一樣。最近，簡——只在——只在最近—我才開始看見，並承認，上帝的手在操縱我的命運，我開始體會到自責與悔悟，開始想要與我的創造者和好。我有時候甚至開始祈禱，是些很短的禱告，卻很真誠。

「就在幾天前，不，我可以數得出來——四天前，在星期一的午夜，突然有陣奇怪的情緒湧上心頭，一種悲傷蓋過瘋狂，哀愁蓋過憤怒的心情。我一直有種印象，認為既然我到處都找不到妳，妳一定是死了。那天晚上很晚的時候——也許是在十一點到十二點之間吧——在我淒涼地回去就寢後不久，我祈求上帝，若是祂覺得適當，馬上就可以把我帶離這生命，讓我進入天國，在那裏，還有希望跟我的簡團圓。

「我在我自己的房間裏，坐在窗口，窗戶是打開的，香脂般的晚風讓我感到安慰，儘管我見不到任何星星，而且對於月亮，也只是藉著朦朦朧朧的一

團霧光，才知道它的存在。我渴望著妳，簡妮特！
噢，我是多麼渴望妳啊，不管是靈魂還是肉體！我
既痛苦又謙恭地問上帝，我所受的孤獨、苦難與折
磨，是否還不夠，難道還不能讓我重新品嘗幸福與
寧靜嗎？我向祂承認我所受的一切苦痛都是罪有應
得──並且向祂求懇，說我再也無法忍受下去了；
這時，我心中的願望，從第一個到最後一個，瞬
時不由自主地全從我嘴裏吐了出來──『簡！簡！
簡！』」

「你這幾個字是大聲說出來的嗎？」

「是啊，簡。若是有任何人聽見，一定會認為我
瘋了，因為我是以如此瘋狂的力量喊出來的。」

「那是星期一的夜晚，將近午夜的時候嗎？」

「對啊，不過時間不重要：接下來發生的事，才
是重點。妳可能會認為我迷信──我血液裏是有
點迷信成分的，向來都有；然而，這次卻是真實
的──至少，我下面要講的，是我真真確確地聽見
的。

「在我叫著『簡！簡！簡！』的時候，有個聲
音──我不知道這聲音是從哪裏傳來的，但是我知
道這是誰的聲音──它回答我『我來了，等我！』
接著一會兒之後，又有話語從風中輕吟而來：『你
在哪裏？』

「如果能夠的話，我要告訴妳這些話在我腦海中

所展現的意念和畫面，然而要把我想表達的東西表達出來，實在很難。妳也見到了，芬丁莊埋在濃密的樹林深處，聲音在這裏面，都變得悶濁，也不會發出回響。『你在哪裏？』卻顯得好似打山谷裏說出來的一樣，因為我聽見有個小山傳出了回音，重複了這句話。那時候，風似乎更加沁涼、清新地吹拂著我的額頭，讓我簡直認為自己正在某個荒涼、寂寞的地方，與我的簡相會了。我相信，我們必定有在精神上相會。那個小時，簡，妳無疑正毫無意識地睡著，也許是妳的靈魂離開了軀體，來安慰我的靈魂吧，因為那是妳的說話聲──那跟我現在是活著的一樣確定──那是妳的說話聲啊！」

　　讀者，星期一的夜裏──接近午夜時分──我也聽到了這神秘的召喚哪，而那幾個字，也正是我對這召喚的回答啊。我聆聽著羅徹斯特先生的敘述，卻沒有向他透露什麼。這巧合讓我覺得太令人敬畏、太不可思議了，無法傳達、無法討論。如果我說了什麼，我的故事必然會在傾聽者心上留下非常深切的印象，而那顆心受過這麼多苦，已經太容易憂鬱了，不需要再讓超自然現象添上更深的陰影。我於是把這些留著沒說，自己在心裏面思忖琢磨。

　　「妳現在不會覺得奇怪了，」我的主人繼續說，「當妳昨天晚上出乎意料地出現在我面前的時候，我為什麼很難相信妳不是只是另一個聲音、另一個

幻影，不是另一個會消失無聲消失無形的東西，像
那消逝的午夜低語和空谷回音一樣。現在，我感謝
上帝！我知道不是那樣了。是的，我感謝上帝！」

他把我從腿上放下來，站起來，虔敬地舉起額頭
上的帽子，把他失明的眼睛垂向地面，站立在無聲
的祈禱中。只有最後幾句禱詞聽得見——

「我感謝我的主，感謝祂在審判中記得慈悲。我
謙卑地請求我的救主給我力量，讓我今後能過著比
從前純淨的生活！」

然後他伸出手來讓我引導。我握住那親愛的手，
拿到唇邊吻了一會兒，然後拉它繞過我的肩膀，身
材比他矮這麼多，我於是既是他的支柱，又是他的
導引者。我們走進林子裏，慢慢踱步回家。　■

me strength to lead henceforth, a purer life than I have 〔〕 hitherto!"

Then he stretched his hand out to be led: I took that hand, held it a moment to my lips, then let it pass round my shoulder; being so much lower of stature than he, I served both for his prop and guide. We entered the wood and wended homeward.

Conclusion.

Reader — I married him. A quiet wedding we had: I, the parson and clerk were alone present. When we got from church, I went into the kitchen of the Manor-house, Mary was cooking the dinner, and John, cleaning the knives. I said:

Mary — I have been married to Mr. Rochester this morning. The housekeeper and her husband were both of that decent phlegmatic order of people, to whom one may at any time safely communicate a remarkable piece of news without incurring danger of having one's ears pierced by some shrill ejaculation, subsequently stunned by a torrent of wordy wonderment. did look up, and she did stare at me, the ladle with which she was basting a pair of chickens roasting at the fire, did for some three minutes hang suspended in air, and for the 〔〕

夏綠蒂《簡愛》手稿

Tpgimages

這本書的譜系
Related Reading

小說家

威廉・薩克雷（William Makepeace Thackeray，1811-1863）
和狄更斯同為維多利亞時期的代表小說家，代表作品為《浮華世界》。

查爾斯・狄更斯（Charles Dickens，1812-1870）
英國著名的小說家，他的創作至今對英國文學仍有深遠的影響。代表作品有《塊肉餘生記》、《孤雛淚》、《雙城記》等。

喬治・艾略特（George Eliot，1819-1880）
英國小說家，本名瑪麗・安妮（Mary Anne），艾略特為筆名。代表的作品包括《佛羅斯河畔上的磨坊》和《中間進行曲》等。

羅伯特・路易斯・史蒂文生（Robert Louis Stevenson，1850-1894）
小說家、詩人與旅遊家，也是新浪漫主義的代表之一。最著名的作品是《金銀島》。

托馬斯・哈代（Thomas Hardy，1840-1928）
哈代的小說，大半描寫個別人物之一切遭遇，諸如愛情、婚姻等，而大部分的角色由於命運之殘踏或意志之薄弱而或悲劇性之結局。覺醒後已為時恨晚。其故事的情節，大半以愛情為描繪之中心，再穿插社會階級、宗教信仰及其他傳統因素以襯托其主題。

亞瑟・柯南・道爾（Arthur Conan Doyle，1859-1930）
創造偵探人物─福爾摩斯，而成為偵探小說歷史上最重要的作家之一。

詩人

丁尼生（Alfred, Lord Tennyson，1809-1892）
為當時最傑出的詩人之一，是繼華茲華斯後的第二位桂冠詩人。其主要作品有長詩《追悼文》、《尤里西斯》、敘事詩《夏洛特之女》等。

羅伯特・勃朗寧（Robert Browning，1812-1889）
詩人、劇作家。主要作品有《戲劇抒情詩》、《環與書》，詩劇《巴拉塞爾士》等。

但丁・加百列・羅塞蒂（Dante Gabriel Rossetti，1828-1882）
詩人兼畫家，也是前拉斐爾派的三位創始人之一。他的作品詩畫並重，畫風帶有文藝復興的色彩，創作以女性為題材，他筆下的女性都有修長的脖頸。他的詩則受到濟慈的影響。

葉慈（William Butler Yeats，1865-1939）
為愛爾蘭文藝復興運動的領袖，也是艾比劇院的創建者之一。他早年的創作具有浪漫主義的華麗風格，後期風格則偏向現代主義。

散文作家

托馬斯・卡萊爾（Thomas Carlyle，1795-1881）

散文家和歷史學家。主要作品有《法國革命》、《過去與現在》等。

約翰・斯圖爾特・密爾（John Stuart Mill，1806-1873）

功利主義哲學家和經濟學家。著作《論自由》被視為自由主義的集大成之作。

建築藝術

查爾斯・巴里（Charles Barry，1795-1860）

十九世紀著名的建築師。他和助手普金（A. W. N. Pugin）所設計完成的「英國國會大廈」，是當時哥德復興運動最具有代表性的建築。

約翰・拉斯金（John Ruskin，1819-1900）

作家、藝術評論家，也是前拉斐爾派的一員。他的寫作和哲學對藝術與手工藝運動有深遠的影響。代表作品為《現代畫家》一書。

威廉・莫里斯（William Morris，1834-1896）

工藝美術運動的領導人之一，以及傢具、壁紙花樣和布料花紋的設計者兼畫家。他受到約翰・拉斯金影響最深遠，曾閱讀其著作《威尼斯的石頭》，讓他對哥德風格的建築產生興趣。他還創辦了古建築保護協會，是世界上第一個資源保護團體之一。

畫家

約瑟夫・瑪羅德・威廉・透納（Joseph Mallord William Turner，1775-1851）

浪漫主義畫家，最擅長描繪大自然的風景。透過畫作來表現英國的天氣和光線。代表畫作有《海上漁民》、《諾漢姆城堡的日出》及《運輸船遇難》等。

約翰・康斯特勃（John Constable，1776-1837）

和透納同為十九世紀英國最重要的風景畫家。他的繪畫題材簡單，以生活中的日常風景為主。代表畫作有《玉米田》、《布萊頓的鏈條碼頭》和《巨石陣》等。

延伸的書、音樂、影像
Books, Audio & Videos

《簡愛》

作者：夏綠蒂・勃朗特（Charlotte Brontë）譯者：李文綺　出版社：遠流出版社，2009年

《簡愛》的中文譯本繁多，但多為節譯版，遠流出版社2009年的全文譯本厚達六百頁，並請知名作家簡媜導讀，分享這本書對她一生的影響。

《咆哮山莊》

作者：艾蜜莉・勃朗特（Emily Brontë）譯者：楊苡　出版社：時報文化，1996年

《李爾王》、《咆哮山莊》和《白鯨記》被稱為是英語文學中的三大悲劇。描寫了吉卜賽棄兒希斯克列夫被山莊老主人收養後，但卻飽受虐待及戀愛不遂，便離開了山莊。之後他致富回來，個性變得殘忍、無情，並且展開了一連串的報復行動。

《傲慢與偏見》

作者：珍・奧斯汀（Jane Austen）譯者：張玲、張揚　出版社：人民文學，2003年

本部為珍・奧斯汀最膾炙人口作品，描寫十八世紀末至十九世紀初，英國地主鄉紳貴族的求愛和婚姻問題，具有高貴情操的伊莉莎白和達西先生，兩人偶然相遇卻因誤會而分開，直到一連串事件發生得以澄清誤解，並在過程中產生好感，最後排除萬難，有情人終成眷屬。

《夢迴藻海》

作者：珍・瑞絲（Jean Rhys）譯者：鄭至慧　出版社：先覺出版社，2002年

白莎出生於牙買加的莊園，雖身為白人，但因家道中落，而受盡鄰居嘲諷，甚至連母親也對她十分冷淡。於是，她終日漫遊於奇花異草之間，靈魂慵懶卻自由。某日夜裏，莊園遭人縱火，家人四散，白莎則住進了修道院。從英國來的羅徹斯特先生深受她的美貌吸引，取她為妻，但卻無法真正探觸她的靈魂。他的冷漠高傲，讓她日漸抑鬱，並將她逼向瘋狂。

《簡愛》

導演：羅伯特・史蒂文森（Robert Stevenson）

主演：歐森・威爾斯（Orson Welles）、瓊・芳登（Joan Fontaine）

根據夏綠蒂同名小説改編而成，這部1944年的電影被視為《簡愛》最經典的版本。

《簡愛》

製作：BBC

主演：露絲・威爾森（Ruth Wilson）、托比・史蒂芬斯（Toby Stephens）

BBC於2006年製作的新版《簡愛》，由英國男星托比・史蒂芬斯飾演的羅徹斯特先生，播出後受到影迷的熱烈討論。露絲・威爾森詮釋的簡愛坦率、正直、堅毅，她的演出自然而感性。

《咆哮山莊》

導演：威廉‧惠勒（William Wyler）

主演：勞倫斯‧奧立佛（Laurence Olivier）、梅兒‧奧勃朗（Merle Oberon）

由美國導演威廉‧惠勒執導，奧斯卡影帝勞倫斯‧奧立佛主演，改編自艾蜜莉‧勃朗特的同名小說。本片充分顯示了電影藝術的表現能力，並且成為二十世紀偉大的經典作品之一，在第十二屆奧斯卡獎評選中獲得最佳攝影獎。

《蝴蝶夢》

導演：希區考克（Alfred Hitchcock）

主演：勞倫斯‧奧立佛（Laurence Olivier）、瓊‧芳登（Joan Fontaine）

1940年上映，由知名女星瓊‧芳登及奧斯卡影帝勞倫斯‧奧立佛主演，改編自杜莫里哀的小說。本片榮獲第十三屆奧斯卡最佳導演和最佳女主角獎提名。

《傲慢與偏見》

導演：喬‧萊特（Joe Wright）

主演：綺拉‧奈特莉（Keira Knightley）、馬修‧麥迪恩（Matthew Macfadyen）、布蘭達‧碧蕾辛（Brenda Blethyn）、唐納‧蘇德蘭（Donald Sutherland）

改編自珍‧奧斯汀同名小說，由綺拉‧奈特莉主演，2005年上映。全片在英國實地拍攝，重現十八世紀末的英國景緻和已成經典的愛情故事。本部榮獲奧斯卡金像獎四項提名、以及英國電影和電視藝術學院七項提名。

《理性與感性》

導演：李安（Ang Lee）

主演：愛瑪‧湯普森（Emma Thompson）、凱特‧溫斯蕾（Kate Winslet）、休‧葛蘭（Hugh Grant）、艾倫‧瑞克曼（Alan Rickman）

由台灣著名導演李安執導，凱特‧溫斯蕾、休‧葛蘭與愛瑪‧湯普森主演，改編自英國小說家珍‧奧斯汀的同名小說，於1995年上映。本片入圍奧斯卡七項大獎，並拿下奧斯卡最佳改編劇本獎，以及獲得柏林影展金熊獎、金球獎最佳影片和最佳改編劇本獎。

《簡愛》

導演：王曉鷹　演員：袁泉、陳數、王洛勇

夏綠蒂的名著《簡愛》首度搬上中國話劇舞台，2009年六月開始演出，由袁泉飾演女主角簡愛，王洛勇飾演羅徹斯特先生。十二月第二輪的演出，導演、男主角和幕後班底維持不變，女主角簡愛由陳數演出。

經典3.0
ClassicsNow.net

豪宅孤女 簡愛

原著：夏綠蒂‧勃朗特
導讀：柯裕棻
故事繪圖：平凡

策畫：郝明義
主編：徐淑卿
美術設計：張士勇
編輯：李佳姍
圖片編輯：陳怡慈
編輯助理：崔瑋娟
美術編輯：倪孟慧　戴妙容
邊欄短文寫作：郭盈秀
校對：呂佳真

企畫：網路與書股份有限公司
出版者：大塊文化出版股份有限公司
台北市10550南京東路四段25號11樓
www.locuspublishing.com
讀者服務專線：0800-006689
TEL：886-2-87123898　FAX：886-2-87123897
郵撥帳號：18955675
戶名：大塊文化出版股份有限公司
法律顧問：全理法律事務所董安丹律師
版權所有　翻印必究

總經銷：大和書報圖書股份有限公司
地址：台北縣新莊市五工五路2號
TEL：886-2-8990-2588　FAX：886-2-2290-1658
製版：瑞豐實業股份有限公司
初版一刷：2010年5月
定價：新台幣220元
Printed in Taiwan

豪宅孤女《簡愛》 = Jane Eyre / 夏綠蒂‧勃朗
特(Charlotte Brontë)原著 ; 柯裕棻導讀 ;
平凡故事繪圖. -- 初版. -- 臺北市 : 大塊文化,
2010.05
　　面 ；　公分. -- (經典 3.0；005)

ISBN 978-986-213-180-0(平裝)

873.57　　　　　　　　　　99004727